煤まみれの騎士 IV
美浜ヨシヒコ
ILLUST fame

たおやかな微笑み。

声音は、春の日射しを思わせるほどに暖かく、柔らかい。

「さっきまで貴方を討つつもりだったのです。でも、こうして久しぶりにお顔を見て、少し情も戻りました。五年間も一緒に居たんですもの」

「…………」

「投降なさってください。悪いようにはしません。助命されるよう口添えしましょう。エミリーさんも尽力してくれるはずです」

「折角の申し出だが、お断りする」

「以前にも言ったはず。人の善意は素直にお受けなさい。本来、貴方のような方への寛恕などあり得ないのです。どうしてこの慈悲が分からないのですか？」

差し伸べた手を、相手が取るのは当然だと思っている者たちが居る。

好きにはなれない。

「シーラ」

「はい。従卒さん」

「地獄へ堕ちろ。神の走狗（イヌ）め」

「…………あらぁ」

シーラの目に、いつになく昏いものが宿る。

STORY

知勇ともに優れた神童・ロルフは、十五歳の時に誰もが神から授かるはずの魔力を授からなかった。

彼の恵まれた人生は一転、男爵家を廃嫡、さらには幼馴染のエミリーとの婚約までも破棄され、騎士団では“煤まみれ”と罵られる地獄の日々を送ることになる。

しかし、ロルフは磨き上げた剣技。膨大な知識による機転。そして、折れることのない不屈の精神で、絶望的な戦況を変えてきた。

それでも、ロルフへの冷遇は変わることはなく……。ロルフはとうとう、あらぬ冤罪で第五騎士団を追放されてしまう。

魔族領に隣接する辺境へと派遣されたロルフ。そこで彼は、自分と同じ“煤まみれ”と蔑まれる魔族の奴隷少女・ミアと出会う。

ミアと過ごす毎日で、ロルフの中にあった疑問は、やがて強い決意へと変わっていく。

本当に魔族とは、滅ぼすべき邪悪なのだろうか。この罪なき子供は、なぜ悲しみを強いられているのか。

王国の騎士たちによる非情な魔族の蹂躙。終わることのない侵略と抗争。

その戦火の中で、ロルフは魔力を断裁する漆黒の剣、“煤の剣”を手にした。

神に棄てられた”煤まみれ”は、この理不尽な運命に抗うべく、魔族とともに――。

「ロンドシウス王国を倒す」

CONTENTS

煤まみれの騎士

Ⅳ

美浜ヨシヒコ
ILLUST —— fame

ラケル・ニーホルム

梟鶴部隊隊員。
大らかな性格だがロルフには
皆と同じく差別的。

エステル・ティセリウス

第一騎士団団長。
国の英雄。強く厳格な本道を行く騎士。
個の武勇にも軍略にも優れる。

エミリー・メルネス

ロルフを愛する婚約者であり、
天真爛漫な少女。
しかし、婚約破棄や、ロルフの上官としての
立場のなかで心に影が差し始める。

ロルフ・バックマン

剣と知略に優れる青年。
だが魔力を授かることができず、
“煤まみれ”として迫害される。
冷静で筋が通っており、極めて強い精神力を持つ。

シーラ・ラルセン
梟鶴部隊隊員。
回復術士。物静かだが、
ロルフには皆と同じく差別的。
フェリシア・バックマン
ロルフの妹。控えめで心優しい少女。
だが、最も低い地位にあるロルフの
姿を見るにつれ、
辛辣な物言いもするように。
イェルド・クランツ
梟鶴部隊隊員。
実力者だがロルフへの差別意識は
とりわけ強い。

I

俺たちはヘンセンに戻ってきていた。

この町を守ってから、領都アーベルの奪取までを数日で終えたのは、軍事行動としてかなり異例だ。

あれほどの電撃作戦はそう見られない。

ここから先は、しっかり時間をかけた地固めも重要になってくる。

再軍備をはじめ、やること、決めることはあまりに多い。

それに王国側でも、失地奪還のために動く騎士団の決定から始まり、その編制やら出兵計画の作成やらで、時間がかかるはずだ。

その間にこちらも、しっかりと準備をしなければならない。

「まずは礼を言う。ヘンセン防衛、バラステア砦《とりで》攻略、そして領都アーベル攻略。すべてお前が居てこそだ」

俺に頭を下げているのは、ヴィリ族の族長、アルバンだ。

いま俺は、アルバンの屋敷《やしき》で彼と向き合っていた。

部屋には他に誰も居ない。一対一だ。

俺を信用することを示すため、敢《あ》えてこうしているのだろう。

「過分な評価、痛み入る」

そう言って、俺も頭を下げる。

魔族の家屋では椅子も使われるが、床の敷物《しきもの》の上に直接座るかたちが一般的だ。

いま居る部屋もそうだった。

俺は敷物の上に胡坐《あぐら》をかいて座り、両膝に手を当てて頭を下げている。

慣れぬ所作だが、上手《うま》く出来ているだろうか。

「そんなに深々と頭を下げなくて良い」

「む、そうか。これぐらいいか？」

「おう、そんなもんだ」

にかりと笑って太鼓判を押すアルバン。

この頭の角度を憶《おぼ》えておくとしよう。

「それじゃあ早速、どんどん決めていこう。まず煤《すす》の剣だが、お前が今後も使ってくれ」

俺にとってかなり重要な議題の一つが片付いてしまった。

えらくあっさりと許可が出たことに戸惑いを感じる。

「有り難いが、良《い》いのか？」

「お前は文化や風俗を重んじる男のようだから、祭儀的な意味を持つ剣を占有することに抵抗を感じているのだろうが、問題ない。他の者たちも賛同している」

重低音の声で静かに語るアルバン。

彼の言葉は、厚みのある人となりを感じさせる。

「むしろお前が手に持って戦ってこそ、その剣は意味を全う出来る。だからこれからも、煤の剣と共に在って欲しい」

「分かった。期待に応えられるよう、微力を尽くそう」

そう言って、頭を下げて謝意を示す。

今度は深々と下げ過ぎないように注意した。

「ふ……。では次に行こう。お前には将として一軍を率いて欲しい」

魔族は、王国で言う大隊規模の集まりを一つの軍として、それぞれに将軍をつけている。

リーゼとフォルカーがそれだ。ベルタもそうだった。

「お前に将器があることは既に証明されている。よろしく頼む」

「光栄だ。謹んで拝命する」

王国と戦うことを決意している以上、俺に否やは無い。

まだまだ俺への不信を拭えぬ者は居るだろうが、これからの働きで信頼を得ていこう。

「ただ、将軍の任命には議会の承認が要る。もう根回しは済んでいるから問題ないが、顔見せは必要だ。次の議会にはお前も出てくれ」

「俺が議会に……分かった。出席する」

ヴィリ族を含む多くの魔族が議会制を敷いていることは知っていた。

どういうものなのか興味があるので、良い機会だ。

「ちなみに、将軍だからといって後ろで大人しくしてろとは言わん。自分で斬り込んでいっても構わないからな」

なかなかに驚かされる物言いだ。

一軍の将に、自分で斬り込んでいくことを許す為政者が他に居るだろうか。

アルバンに初めて会った時、豪放磊落《ごうほうらいらく》な印象を受けたが、それは間違っていなかったようだ。

「斬り込みたいって顔をしてるしな」

「俺が突入した方が戦術的に好ましい場合はそうする」

結果として、多くのケースでそうなる気はするが、かと言って自分を戦術的に運用することを前提にはしない。

そのあたりは責任ある行動を心掛けなければ。

「いかにも俺は慎重ですって顔してるが、バラステア砦の攻防じゃあ、敵が肉薄するや物見塔から飛び降りて斬り込んでったと聞いてるぞ」

「……ああ、斬り込んだな。そう言えば」

「リーゼに聞いたんだ。それを伝える時のあいつ、えらく興奮してたぞ」

領軍を領都からおびき出した時、敵の先頭集団がバラステア砦の門に肉薄するところまで来た。

あのとき俺は、物見塔から飛び降りて門に駆け込み、敵と交戦したのだ。

それも最善手と判断された行動ではあったのだが、今後は今少し慎重に考えなければならないだろう。

「まあ、魔族はそういう将を好む傾向が強い。リーゼもまさにそれだ。だから、そうした方が皆の信頼は得やすいだろうな。俺はそこんところは全然心配してないが」

確かに、リーゼは直属の麾下《きか》だけを伴って斬り込むことが多い。

アーベルでもそうだった。

それにしてもアルバンは、くだけた口調で事も無げに話すが、俺の心情を尽《ことごと》く言い当ててくる。

実際、彼の言うとおり、率先して自ら戦った方が信頼の獲得に繋《つな》がるだろう。

そういう考えを軽挙の言い訳にしないよう心掛ける必要はあるが、煤の剣を託された俺としては、やはりこの手で戦うべきなのだ。

俺はこれからの戦いを前に決意を新たにするのだった。

「ま、そう重く考えるな。フォルカーやリーゼも助けてくれる」

破顔して俺の心を和らげてくれるアルバン。

他者の命を預かる重責を前にして、緊張が顔に出ていたようだ。

そうだな。彼の言うとおり、皆を頼るとしよう。

「今後の王国侵攻についても議会で話し合われる。タリアン領を攻めるのは既定事項として、諸々を決めていかないとな」

アルバンの言葉に俺は頷《うなず》いた。

今回落としたストレーム領と隣接しているのはタリアン領とヴェサール領だが、後者との境は山岳地帯になっており行軍出来ない。

必然、侵攻先はタリアン領になる。

「それから、お前が言ってた神疏《しんそ》の秘奥の件だが」

「俺の所見をここにまとめてある。所々に推測が含まれるものではあるが」

一通の書きつけを差し出す。

俺はバラステア砦に赴任して以降、秘奥について色々推考していた。

それを書き留めたものだ。

受け取り、書面に目を落とすアルバン。

さっきまでと一転して真剣な表情を見せる。

次第に、眉間の皺《しわ》が深くなり、額に汗が浮かんできた。

「…………神疏《しんそ》の秘奥の正体は、契約魔法か。洗脳なのか？」

「いや、洗脳じゃない。皆に画一的な意識を植えつけてしまっては、人の世は立ち行かないからな。それがこのシステムの上手いところだ」

アルバンは低く唸《うな》って考え込んだ。

そして再び書面に目を向ける。

沈痛な面持ちの中に、静かな怒りを滲《にじ》ませていた。

「教義への遵奉《じゅんぽう》をより強固にする類の思想誘導であり、その効果のほどは、その人間に備わる諸々《もろもろ》の条件によって異なる、か」

「実際、俺を認める者や同情的な者も居た。元から持っている思想や気質、好悪の感情によって差異が出るんだと推測している」

俺の脳裏に、何人かの顔が浮かぶ。

彼女たちは今、何をしているだろうか。

いずれ俺と対峙《たいじ》することになるのだろうか。

あのピンクブロンドの麗人などは、間違いなく俺より強い。

対峙したとして、太刀打ち出来るのか。

それと、すでに対峙した実の妹。

あのあと、戦場から離脱出来たようだが、また敵として会うのだろうか。

……そして婚約者だった人。


――――えへへ！　私も鼻が高いよ！　私の大好きな未来の旦那様がこんなに強くて！


…………………。

幸せにする予定だった人と、戦う未来が待っているのだろうか。

「何かに想《おも》いを馳《は》せているようだな」

「済まない。つい別のことを考えていた」

「なぁに。戦いのあとは誰だって感傷的になるもんだ。俺もそうだよ」

にやりと笑うアルバン。

彼にも語りつくせぬ戦いと迷いの歴史があることが、その顔から見て取れた。

案外、強い男なんか何処《どこ》にも居なくて、皆そんなものなのかもしれないな。

「ロルフ。話を戻すが、では意志が強ければ思想誘導の影響も少ないと見て良いのか？」

「意志と言うか、魂の強度とでも言った方がしっくりくるかな……。まあ意志の強さと言い換えても良いんだが、それだけでなく、何と言うか、人としての自立心や清廉さなんかが重要になってくるように思える。上手く言えないが……」

「ああ、言わんとすることは分かる。お前はそれとは別口なんだよな？」

「別口だな」

俺は頷いた。

それにしても、我ながら説明が下手だ。

コミュニケーションを不得手としてきたことが尾を引いている。

部下を持つ身になるのだから、改善していかなければ。

「ただアルバン殿。この思想誘導に抗《あらが》える強さとなると、それは生半可なものではない」

「うむ、そうだろうな」

これだけ作り込まれたシステムだ。

イレギュラーなど殆《ほとん》ど居ない。

ただし、殆ど居ないということは、居るということだ……。

「あと、秘奥を疑う根拠だ。ここに書いてあるとおりなんだな？」

「ああ。幾つかの事実から立てた予想であって、確証を得た話ではないが」

「このマリアというのは……ふむ、なるほどな」

アールベック子爵家の件で俺を信じ、頼ってきたエミリーの侍女、マリア。

あの時点で彼女は十四歳。神疏《しんそ》の秘奥を受けていなかったのだ。

「で、結論としては、神疏《しんそ》の秘奥による思想誘導は、女神信仰とセットになっていると。アーベルを唯物論者で固めたのも、そのためか？」

アルバンの問いに、俺は頷く。

領都アーベル――今は領都ではなくなったが、そのアーベルの統治は、地元の有力者による参事会を作らせ、彼らに行わせるかたちとした。

現地には総督としてフォルカーが残り、参事会を監督しているが、民衆の統治はこの参事会に行わせている。

やはり魔族による直接統治はまだハードルが高いのだ。

この際、参事には商会の有力者や銀行家、工学者など、なるべく信仰から遠い実利主義者を選んだ。彼らは魔族への差別意識が比較的薄い。

また利に敏《さと》いため、軍事的勝者にはさしあたり従属的だった。

「アルバン殿。信仰を統治の手段に用いることは珍しくない。だがこれは悪辣に過ぎる」

「ああ、そのとおりだ。このことを敵方に喧伝《けんでん》する手もあるか？」

「いま話に出た唯物論者のような連中を引き入れる際には効果があるかもしれない。だが、信仰の篤《あつ》い大多数の者、とりわけ戦場に出てくる者たちの耳には届かないだろう」

「まあ、そうだわな。信仰とはそういうものだ」

お前の信仰は欺瞞《ぎまん》の産物だと証拠も無く言われ、そうなのかと得心する者など居ない。

信仰心という代物は、説得で覆《くつがえ》せるものではないのだ。

「少なくとも女神信仰という屋台骨にダメージを与えることは到底出来ない。それより俺たちが秘密に気づいていることを秘匿する方が重要だ」

敵は巨大で、人類社会全体に根を張っている。

その根幹を支える秘密。

それに気づいた者が居ると分かれば、どのような手を打ってくるか想像もつかない。

こちらが秘密に気づいているというカードはあまりに重要で、それはギリギリまで伏せておかなければならないのだ。

「確かにな。そうするとしよう」

言って、再び書面に目を落とすアルバン。

自分たちの居る世界が作為のもとに操られているという事実を知っても、彼は取り乱さない。

「そこに書いてあるとおり、最も肝心な、いったい誰が、という点もまだ分からない。教会と王国の結託は間違いないと思うが……」

「うむ。俺の方でも調べさせるが、難しいだろうな。それと俺が気になるのは、魔力が何処から来るのかってことだ」

そう。

神疏《しんそ》の秘奥によってもたらされる魔力。

十五歳以上の人間すべてに与えられるほどの膨大な魔力は何処から来ているのか。

一時的に身体能力を上げる等《など》の加護を与える魔法はあるが、魔力そのものを与える魔法など存在しない。

しかも神疏《しんそ》の秘奥は、その者が死ぬまで永続的に魔力を与えるのだ。

契約魔法には分かっていないことも多いから、神疏《しんそ》の秘奥とはそういう特殊な契約魔法なのだと言われればそれまでだが、今一つ納得出来ない。

「それこそ神の仕業かもしれない」

「御業《みわざ》ではなく仕業か。辛辣だな。だがお前、女神を信じてないんだろう？　ここにそう書いてあるぞ？」

「ああ、まあな」

だからこそ今、ここに居るのだ。

だからこそ俺の戦いは始まったのだ。

しばしの沈黙が満ちる。

この話題が終わったことを感じ、俺は頼みごとを口にした。

「その信仰の件だが、あんたたちの精霊信仰について教えて欲しかったんだ。誰か詳しく聞かせてくれる者は居ないだろうか」

これから共にあろうとするなら、信仰に関する理解は必要不可欠だ。

同じ信仰を持つ必要は無いが、理解は絶対に要るのだ。

「それなら俺が教えてやる。長い話になるから酒を持ってくる。ちょっと待ってろ」


――その日は期せずして、夜を徹した酒盛りになった。

酒はあまりやらない俺だが、アルバンの持ってきた酒は実に口当たりが良く、つい杯が進んでしまう。

きっと良いものを開けてくれたのだろう。

精霊信仰の話が終わった後は、ベルタへ杯を捧《ささ》げ、故人の思い出を聞かせてもらった。

それからリーゼの幼少期の話も面白かった。

俺と彼女がエルベルデ河で交戦した話は初耳だったらしく、戦いから始まった奇妙な縁を、アルバンは大いに喜んだ。

俺たちは時間を忘れて飲み明かした。

とても楽しい夜だった。

◆

俺は、大商人ローランドの伝説を思い出していた。

ローランド商会の創始者である彼には様々な逸話がある。

最も有名なものがローランドの山呑《の》みという逸話だ。

材木の価格が高騰することをいち早く察知した彼は、幾つかの山の権利を買い取った。

だが、その地を縄張りにしている猟師たちが立ち退こうとしなかったのだ。

当時は山の所有権に関する意識が希薄で、猟師たちにしてみれば、そこで猟をすることは侵されるはずの無い権利だった。

ローランドは立ち退き料を払ったうえで職も斡旋《あっせん》すると確約したが、それで納得を得られるものでもない。

そこで彼は、対話こそが唯一の解決策と信じ、猟師たちのもとへ足しげく通って交渉を続けた。

最初は邪険に追い返されていたが、根気よく通いつめるうちに、話は聞いてもらえるようになった。

彼らとの話には、酒が付き物だった。

猟師という職ゆえか、彼らは何を話すにも、とにかく飲んだ。

私は商いで来ておりますので、などと言って遠慮するのは悪手であろうと考えたローランドは、出された酒を片っ端から飲んだ。

ある猟師宅で五合飲み、次の猟師宅で五合飲み、次の猟師宅で一升飲んだ。

とにかく飲み続けた。

それを繰り返すうちに彼は猟師たちから信頼されるようになり、ついに山を明け渡してもらえたのだった。

そして材木市場での成功を経たローランドが興した商会は、今日では王国最大の商会にまでなっている。

酒の許容量は人の器とは無関係であり、その点から言えば、さして示唆や教訓を含むでもない話だ。

だが何故《なぜ》か印象に残る。

アルバンにばしばしと肩を叩《たた》かれながら、俺はその話を思い出していた。

「嬉《うれ》しいぞロルフ！　俺とのサシ飲みに朝まで付き合えた奴は初めてだ！」

豪快に笑うアルバン。

自分に心行くまで付き合える者との出会いが嬉しいらしい。

俺としても楽しい酒だった。

しかしさすがに限界だ。どの酒も美味《うま》くて、つい飲み過ぎてしまった。

「じゃあ俺はこれでお暇《いとま》する。あんたもだいぶ出来上がっているが、今日の仕事は大丈夫なのか？」

「なに、問題ないさ。だが一応、俺の名誉のために言っておくが、いつもは酒を食らって仕事などしないぞ。族長だからな俺は」

今日は特別だ、と言ってアルバンは笑う。

厳《いか》めしい顔つきに似合わぬ、人懐こい笑顔だった。

アルバンの屋敷を辞した時には、もう完全に日が昇っていた。

俺は赤ら顔で、居住区画へ向けて歩く。

俺には、軍の関係者が住む一画に平屋の一軒家が与えられている。

周りの住人は、人間である俺がここに住む事情を知る者ばかりだ。

だが、今日はその自宅へ戻る前に、立ち寄るところがある。

別れ際、アルバンに言われたのだ。

「ああ、それと、あの野生児もお前に預けるぞ。仲良くやれよ！」

◆

俺に与えられた家のすぐ近くに、彼の家があった。

俺のものと同じく、木造の小ぶりな平屋だ。

「おう、こいつは松《パイン》か？　良いじゃねーか！」

家を与えられた時、彼はそう言っていた。

木造の家がずいぶん気に入ったようだった。

俺はその家のドアをノックする。

中から、ややぞんざいな声が聞こえた。

「良いぜ、入りな」

ドアを開け、その男に挨拶する。

この町に、人間は俺と彼だけだ。

新参同士、仲良くやらなければならない。

「シグムンド、おはよう」

「ああ、そのへん座れ」

促され、アルバンのところでそうしたのと同じように、床の敷物の上に座った。

目の前に居るのは、ザハルト大隊に居た元傭兵《ようへい》、シグムンドだ。

死にかけていた魔族の少年を抱いて俺たちの陣営に駆け込んできた彼は、その後、捕虜の救出に協力した。

そしてそのまま王国と袂《たもと》を分かち、俺と共にヘンセンまで来たのだった。

「話に入る前に、それ、何やってるんだ？」

俺は疑問を呈する。

シグムンドは少年に纏わりつかれていた。

肩の上に乗った小さな少年が、シグムンドの頭に抱き着いているのだ。

「知らねえよ！　こいつが勝手に引っついてんだよ！」

「えへへへ」

よく見たら、シグムンドが救ったあの少年だった。

実質初対面なので自己紹介をする。

「はじめまして。俺はロルフだ。君は？」

「ぼくはアルノーだよ！」

この少年、アルノーは、アーベル攻略戦のさなか、辺境伯らに胸を刺されたのだ。

だがシグムンドに救われ、治療を受けて一命を取り留めた。

今ではすっかり元気になったようだ。

「アルノーはシグムンドが好きなのか？」

「うん！　助けてくれたから！　ぼくもシグ兄《にい》に何かしてあげたくて！」

「それは良いな。シグ兄という渾名《あだな》も良い」

「……うるせえな。こいつシグムンドって上手く言えねえんだよ。だからシグにしろって言っただけだ」

「じゃあ俺もそう呼ぶぞシグ」

「チッ！　勝手にしろよ」

子供の前で舌打ちなんかするもんじゃない。

この男の振る舞いは子供に悪影響ではないかと一瞬心配になるが、当のアルノーは幸せそうだ。

彼は、自分を掻《か》き抱《いだ》くシグの手の感触を憶えているに違いない。

「お前もう降りろ！　そろそろパウルが来んだろうが！」

「えー」

「パウル？」

「こいつの親父《おやじ》だよ」

アルノーの親は健在だったか。

それは何よりだ。

その後ややあって、ドアがノックされた。

そしてやって来たパウルに連れられ、アルノーは帰っていく。

パウルは好人物で、シグに痛く感謝していた。

「また来るね！」

「じぶん家《ち》で大人しくしてろ！」

アルノーは、素っ気ないシグを気にするふうも無く終始笑顔だった。

彼は大丈夫そうだ。

ああまでして自分を救ってくれた者が居るという事実は、彼の人生にとって大いに頼みになるだろう。

そしてアルノーが去り、静かになった家の中、俺は改めてシグと向き合った。

「クソがぁ！」

「急にどうした」

「てめぇに負けたことを思い出したんだよ！」

まるで脈絡のないタイミングで思い出すんだな。

こいつの情緒は大丈夫なのか。

「いずれ再戦するとして、改めて自己紹介する。俺はロルフだ」

「知ってるよ。ロルフ・バックマンだろ」

「いや、ロルフだ。もうバックマンの姓は名乗っていない」

「はっは！　お貴族サマの姓は捨てたってか！　やるじゃねえか！」

貴族嫌いか。

見た目どおり、反骨の気質が強い男のようだ。

「今後について伝えるぞ。お前は俺の軍で一緒にやってもらうことになった」

「聞いてるよ。俺は戦えりゃあ何処《どこ》でも構わねえ」

彼には色々と聞きたいことがある。

なぜ俺と同じなのか。

「シグ、教えて欲しい。魔族の子供が殺されることに怒り、国を出るまでに至ったのは何故なのか」

「あァ!?　そんなもん、てめぇも同じだろうが！」

怒鳴り声をあげるシグ。

どこに怒りのポイントがあるのか分からない。

まるで狂犬のようだ。

「俺も確かに、戦いと関わりの無い人たちを傷つけることは許せない。だが、そう考える人間は異端なんだ。普通は、子供でも老人でも、それが魔族であれば殺すことを厭《いと》わないんだよ」

「知るかよそんなもん。俺が許せねえと思ったら許せねえんだよ」

浅いようで深い。

いや、浅いか？　まあ良い。

それよりシグの行動原理。それを確認しておく必要があるのだ。

「シグ、神疏《しんそ》の秘奥は受けたんだよな？」

「ああ。モグリのやつをな」

「モグリ？」

「俺の居たタリアン領じゃ、路上のガキに秘奥なんて寄越しゃしねえんだよ。どうせすぐ死ぬんだからよ。でも俺は戦いたかったから、生臭《なまぐさ》がヤミでやってる秘奥を受けたのさ」

なるほど。そういうことか。

ワケあり相手にカネで秘奥を施すということだ。

神官の資格に満たない者や、破門された者あたりがそれをやるのだろう。

「よく費用があったな」

「貴族からスった」

十中八九、神疏《しんそ》の秘奥の正体は契約魔法だ。

魔法である以上、未熟な者が使えば、かかりが甘くなることもあるだろう。

いや、だがこういったヤミ秘奥のケースは、いくらでもあるはずだ。

それなのにシグのような者は他に見つかっていない。

やはり昨日アルバンに話したとおり、秘奥による思想誘導の効果は、元々の本人の気質に大きく左右されるのだろう。

ヤミ秘奥もトリガーの一つではあったのかもしれないが、シグは元々こういう考えを強く持っていたに違いない。

こうして向き合っていればよく分かる。この男は自力で神と決別したのだ。

「シグは女神ヨナを信じているか？」

「いや。昔は信じてたが、今はちっとも」

「そうか」

「あのよ」

「ああ」

「……あの二人はどうだった？」

目を伏せ、少し沈んだ声で問うシグ。

彼がエストバリ姉弟を指して言っていることはすぐに分かった。

シグは仲間を裏切った。

だがそれは、罪なき子供を殺すという無体を前にした行動であり、正当なものであったとシグも俺も思っている。

しかし、それで割り切れないのが心の不便なところだ。

姉弟と直接戦った俺に、二人の戦いぶりと、そしてその最期を聞きたいのだろう。

「強かった。風を纏ったヴィオラの槍《やり》は恐るべき威力で、テオドルのスピードも厄介だった。更に互いが強い信頼で結ばれ、その連携は完璧だった。俺はかなりの苦戦を強いられた」

「…………」

「どうにかヴィオラを倒し、これで楽になると思った俺は、認識の甘さを思い知った。姉の死を経て、テオドルは凄《すさ》まじい強さへ至ったんだ」

「そうか……あのお坊ちゃんがな」

「彼は姉の死に怒りながらも判断力を失うことは無く、鋭く速い攻撃を見舞ってきた。俺は脇腹に槍を受け、すんでのところまで追い詰められた。最後は剣が彼に届き、俺が勝ったが、紙一重の差だった」

「…………」

「テオドルは最後の力を振り絞ってヴィオラの亡骸《なきがら》まで這《は》いより、そして寄り添って死んでいった」

「へ……最後まで仲の良いことだ」

「…………」

「……………」

満ちる沈黙。

シグの表情に、死者への思いが去来する。

彼は、戦う者が常に抱くべき敬意を心得ているようだ。

「おめえよ……殺した奴らのことは忘れるんじゃねえぞ」

「ああ」

それだけ言って頷いた。

それ以上の言葉は不要だった。

◆

「はっ……はっ……はっ……」

俺は早朝の素振りのさなかにあった。

暮らす場所が変わっても、訓練の習慣は変わらない。

だが、その内容と強度は変わっていた。

まず、下半身の筋力トレーニングを増やしている。

アーベルで俺は、突進力が十分ではないと痛感したのだ。

一息で踏み込める間合いを広げるため、足腰をより強くする必要がある。

「はっ……はっ……はっ……」

それから心肺能力の強化だ。

剣を振り続けられる時間を増やしたい。

そのために以前は走るばかりだったが、最近では水泳も始めた。

水の冷たさに精神も引き締まるというものだった。

水泳は訓練としてポピュラーで、その有効性は証明されている。

騎士団でも一部では採用されているのだ。

「はっ……はっ……」

そして幼少のころから続ける素振りも見直した。

訓練に手を抜いていたつもりは無いが、いつしか漫然と素振りをしていたかもしれない。

アーベルでの戦いを経て、俺はそう思ったのだ。

だから自分の中で心構えを組み直した。

剣を初めて持った日のことを思い出し、刃に気持ちを乗せるのだ。

一振り一振りを、やり直しのきかない一閃《いっせん》と心得て、全神経を込め振り抜く。

「はっ……はっ……」

煤の剣を持つことを許された以上、俺はこの剣に恥じぬ剣士でなければならない。

弛《たゆ》まず研鑽《けんさん》を積み上げるのだ。

「おはようございますロルフさん、今日も精が出ますね」

「ふぅ……おはようエマさん」

素振りを終えたところで、顔見知りが声をかけてきた。

彼女は隣家の奥方だ。

夫妻ともども、俺がこの地に溶け込めるよう、色々と気にかけてくれている。

「フランクは？」

「当直です。デカい魔獣が出たとかで、昨夜は忙しかったみたい」

彼女の夫は軍に勤めている。

昨夜から町の警護にあたっているようだ。

領軍が襲来する危険が無くなったとは言え、警護を疎《おろそ》かにすることは当然出来ない。

皆、自身の仕事を変わらず真面目に務めている。

「こっちには慣れました？」

「おかげさまで。皆よくしてくれるし、気候も肌に合ってるよ」

それからエマと他愛のない世間話をした。

〝他愛のない世間話〟は、俺にとって中々に新鮮な経験だ。

それから家の中に戻り、朝食をとる。

パンにチーズに山羊乳《ゴートミルク》、それと干し果物。

これがヘンセンの一般的な朝食だ。

質素だが、どれも味は良い。

特に干し果物が美味い。

王国では見かけなかった果実だ。

この実は完熟してもなかなか地面に落ちず、樹上で乾燥する。

幹からの栄養を得たまま、たっぷりの陽光で熟し、乾燥したその実には、滋養が凝縮されている。

そして、がつんと全身を満足させるほどの甘さがあるのだ。

俺はこの干し果物のおかげで、実は自分が甘味好きであったことを知った。

それと、朝食後は茶を飲む。

この町では、好んで茶が飲まれる。

茶は地方によっては珍しい嗜好《しこう》品だが、このあたりではよく採れるそうだ。

俺はこの地の喫茶文化が大いに気に入った。

朝食後、茶を淹《い》れて、ゆっくりと時間をかけて飲むのだ。

誰もが日々の生活に追われており、決して余裕のある暮らし向きではない。

しかし、だからこそ家族との時間を大切にするべく、茶ぐらいはゆっくり飲もうということらしい。

俺は家族との絆《きずな》を維持出来なかった人間だが、その理念には賛同出来る。

今日も敷物の上に胡坐をかいて座り、格子窓から射《さ》し込む朝日の中、手に持った椀《わん》でゆっくり茶を飲んだ。

孤独だが、満たされる時間だった。

それから支度を終え、早めに家を出る。

途中で軍本部に寄って剣を預けなければ。

今日は帯剣出来ない。議会に出席する日なのだ。

◆

ヴィリ族の議会は各区域の代表者から成る。
当然、ヘンセンだけでなく、幾つかの集落からも議員が選出されている。
議場は町の中央付近にあった。
広くて古めかしい木造りの建物だ。
民家とは異なり、議員たちは皆、椅子に座っている。
俺は、物珍しさに議場内を見まわした。
王国でも、領によって議会を持つところはある。
だが領主に対する助言機関の意味合いが強く、権限はあまり無い。
こちらではそれと違い、議会が様々な決定権を持っている。
要職の人事や、新しい規則などは議会が承認しなければ決まらない。
ざっくり言うと、議会がルールを作り、族長がそれを運用するかたちだ。
これはヴィリ族だけでなく、多くの氏族で同じ形態になっているらしい。
「本当に人間だ……」
「人間か……」
俺に視線が集まる。

議員は皆、文民だ。

軍人あがりの者は居るが、軍との兼務は認められない。

戦場以外で人間に会うことはあまり無いため、ここには人間を初めて見る者も居るのだ。

彼らからは好奇の目が向けられた。

だが、戦場に出たことが無くとも、自身の集落が戦場になってしまった者たちは居る。

彼らは当然、攻め寄せる人間の姿を目の当たりにしているのだ。

そういった者たちからは、敵意を含んだ視線が集まった。

歯噛《はが》みして睨《にら》みつけてくる者たちの視線を無視するのも、俺が志すものと違うと感じる。

だから俺は、そういった者と目が合った際は、黙って目礼した。

その対応が正解かどうかは分からないが、とにかく彼らと向き合う姿勢を見せなければならないと思ったのだ。

やがて老齢の議長が入ってきた。

その横にアルバンも居る。

それを受けて皆が静かになり、そして話し合いが始まった。

◆

「それでは、ロルフ殿を将軍に任命します」

アルバンが先の戦いにおける俺の働きを説明したうえで、議長が決を採り、俺の将軍就任が決まった。

先日アルバンが言っていたとおり、すでに過半数の同意は取りつけてあったようだ。

ぱらぱらと拍手が響く中、俺は起立して頭を下げる。

併せてこの議決では、軍に対する人間の合流自体が承認された。

したがってシグの身分にも正当性が与えられたことになる。

「今後も、人間との共闘はあり得るのですか？」

「あり得るだろうな。他に友好的な人間が現れたらの話だが」

決議の中で、議員とアルバンがこのような会話をしていた。

俺はその未来に期待している。

異常個体というものは必ず存在する。

どんな生物であってもだ。

俺とシグだけであるはずがない。

新たに友とすべき異端の戦士との邂逅《かいこう》に、思いを馳せるのだった。

「ロルフ、一つ意気込みを」

アルバンの声が、俺を物思いから引き戻す。

着任の挨拶だ。

俺は頷き、起立したまま皆に向けて語りかけた。

「新たに将軍を拝命したロルフだ。信任に感謝する。この大役に身が引き締まる思いだ。誠心誠意、務めさせて頂く」

挨拶はそれだけで済ませるつもりだったが、実際にこの場に来て、俺はもう少し何事かを伝えなければならないような気がしてきた。

心の裡《うち》を言葉にするのは苦手だが、彼らに伝える努力をしなければならない。

「……今、信を得たが、これは俺を信じてもらうためのチャンスを与えて頂いた、という理解だ。そしてそれを絶対に裏切りたくない」

議員たちの目が俺に集中している。

その視線に晒《さら》され、俺は常に無く緊張していた。

責任ある立場を与えられ、所信を述べる。生まれて初めての経験なのだ。

「俺は人間にとっては裏切り者だが、何と言うか……人が殉ずるべきものを裏切れなかったからこそ、ここに居るのだと分かって欲しい。つまり……つまりだ、その……」

意気込んで語り出したは良いが、上手く言葉が続かない。

言葉を尽くして自分を理解してもらう。それは人によっては当たり前に出来ていることなのだろう。

だが俺には出来ていないのだ。

「どうもこういう場では上手く言葉が出てこない。困ったな……。つまり、つまり……」

俺に突き刺さる幾つもの視線。

そこに含まれる幾つもの感情。

それらに晒されながら、俺は意を決した。

そして上着の釦《ボタン》を外し、胸元を開く。

「見てくれ」

胸元を見せながら、更に掌《てのひら》を前にかざし、俺は言った。

突然の行動に、議員たちが驚く。

「何か違うだろうか。貴方《あなた》たちと俺は、何か違っているだろうか」

あえて言えば、色は違う。魔族の肌は薄い褐色だ。

だが、俺が思うに、それは違いとは言えない。

「何も違わない。同じ世界で、同じように日々を送る存在だ」

議員たちは、俺の行動の意味が分からず、眉をひそめている。

彼らの視線を受け止めつつ、俺は続けた。

「であれば、手を携《たずさ》えることは出来るはず。ここに秘すものが、同じでさえあれば」

そう言って、俺は自身の胸を親指で突いた。

そこにあるものが大きく隔たっていたため、人間と魔族は戦っている。

だが、その隔たりが無ければ、友となるに何ら支障は無いのだ。

俺に集まる視線には未《いま》だ不信も混ざっているが、少なくとも嘲りは無い。

皆、傾聴してくれている。

「……要するに俺は、魔族だからとか、人間だからとか、そういうことではなく、ただ信じるものと守るべきもののために、貴方たちと共にあることを選ばせて欲しいんだ」

結局、要領を得ない言い回しになってしまう。

要するにと言いながら、まるで要約出来ていない。

ここに居るのは俺と違って弁の立つ者ばかりだろうから、こんなことでは呆《あき》れられてしまうかもしれないな。

「……上手く伝えられず、申し訳ない。参った……。つまり、つまりその……俺が思うに、この世界に生まれ落ちた者は、皆、権利を持っている。誰にも平穏に日々を生きる権利がある。あるはずなんだ。だから俺は………それを守るために俺は……！」

いつの間にか語気が強くなっていた。

それに気づき皆を見まわすと、彼らはただ静かに俺を見つめている。

沈黙が少々肌に痛い。

何で俺は所信表明で脱いでるんだ？

気恥ずかしさを誤魔化すように、少し声を低くして続けた。

「……俺は約束した。もう奪わせないと。そのために戦わせて欲しい」

誰だって理由があって戦っている。

戦う理由が尊い場合もあれば、くだらない場合もある。

俺は真《しん》に意味ある理由で戦っているつもりだが、彼らの目にはどう映っただろうか。

「……取り留めなく言葉を並び立てるだけになってしまった。何を言っているか分からないかもしれないが、とにかく認めてもらえるよう、行動で示していきたい。以上だ」

そう締めくくり、再び頭を下げる。

「…………………」

沈黙。

ただ静けさだけが、そこにあった。

そしてそののち、ぱちぱちと手を叩く音。

顔を上げ、音の方へ目をやる。

アルバンと、他に数人。

優し気な笑顔で、拍手をしてくれている。

ぱちぱち、ぱちぱちと。

そこに、また幾つかの拍手の音が重なっていく。

それから音はだんだん増えていき、やがて大きなものになっていった。

その音を身に受け、俺は改めて責任の重さを感じる。

まだ皆に認めてもらえたわけではないが、こうして少なくない信頼を寄せてくれてもいるのだ。

感謝し、そして顔に熱さを感じながら、釦を閉じる俺だった。

◆

「ではゴルカ族との交渉は族長に進めて頂きます」

「向こうの族長とは旧知の仲だ。任せてくれ」

魔族は皆、氏族制を採っている。

氏族と言っても血縁の維持に労力が割かれることは無く、今日では系譜が辿《たど》れぬほどになっている。

外様《とざま》の受け入れに規制は無いし、氏族内での結婚も可能だ。

ごく緩い共同体なのである。

言ってみれば、魔族の〝氏族〟は〝部族〟と読み替えて差し支えない。

ただ、同じ氏《うじ》のもとにあるということが彼らの重要なアイデンティティーになっているのだ。

いまヴィリ族は、別の氏族と同盟を結ぼうとしている。

その相手がゴルカ族だ。

この先、王国との戦いを続けるにあたって、他氏族との連携は必要不可欠となる。

王都まで攻め上り、王国を倒して戦争を終わらせることが俺たちの目標だが、それには兵力がまったく足りない。

そのための同盟交渉に関する議決が、いま為《な》されたのだ。

今日、最も重要な議題がこれだった。

「ゴルカのドゥシャン族長は、もうヘンセンに着いているんですよね？」

「ああ。昨日到着してる。予《かね》て伝えたとおり、先方も同盟に前向きだ」

議員の問いにアルバンが答える。

彼はその権限の範疇《はんちゅう》において、同盟の話を進められるところまで進めたうえで議会に持ち込んでいた。

事実上、あとは議会の承認があれば同盟が締結されるというところまで既に来ているのだ。

議会制では意思決定に時間がかかるのが普通で、王制国家との戦争において、その点は不利に働くはずだった。

だがアルバンという族長の有能さが、その不利を極小化している。

彼は疑いなく傑物なのだ。

「それと、交渉にはロルフも同席してもらう」

「ああ、その件は聞いている」

ゴルカ族からは、族長が代表としてこの地に来ている。

彼は俺と話したがっているそうだ。俺としては否やは無い。

だがそこへ、一人の議員が異を唱えた。

「重要な交渉です。新任の将軍……それも人間が同席して良いものでしょうか？」

彼の声音には俺への不信感が滲んでいる。

数人が小さく頷くのが見えた。

「先方の希望だ。知ってのとおり、ゴルカ族は武断的な性質が強い。今回の戦勝をもたらしたロルフに興味を持ってるんだよ」

いくら武断的とは言え、負け戦で同盟を組むわけが無い。勝算が必要だ。

そして我々には、戦勝という好材料がある。しかも領土の奪取という、極めて大きな戦勝なのだ。

これにより、ゴルカ族との同盟はスムーズに決まりそうだった。

だがこれに際し、その戦勝をもたらした者と対話を持ちたい、というリクエストが先方から上がったらしい。

むろん俺だけがもたらした戦勝ではないのだが、俺をご指名とのことだ。

その俺に、不安と不信を交えた視線が集まる。

俺は彼ら一人一人と目を合わせながら言った。

「思うに……人間だからこそ、その覚悟や人品を見定めようとしているのではないだろうか。であれば見てもらうしかない。少なくとも、身命を賭して戦うという意志に偽りは無いつもりだ。だから俺を信じて欲しい」

とにかく正直に思いの丈を語った。

アルバンが僅かに笑う。

「先方の希望を無下にも出来ません。族長とロルフ殿を信じてみましょう」

議長がそう結んだ。

剣だけで強大な王国とは戦えない。
俺たちは信頼で結びつかなければならないのだ。
その当たり前の事実を、俺は改めて感じるのだった。

II

ゴルカ族との会談は、彼らが逗留《とうりゅう》する宿の広間で行われる。

今回は先方の希望で、ごく少数の出席者のみ。こちらからはアルバンと俺。

ゴルカ族からは、族長のドゥシャンとその秘書官だけだ。

俺たちはテーブルを挟んで向き合っていた。

この宿は町いちばんの高級宿らしく、広間は格式を感じさせる作りになっている。

ゴルカ族の族長、ドゥシャンは、アルバンと同じく五十がらみで、歴戦の戦士を思わせる風貌をしていた。

太い顎に分厚い胸板、そして丸太のような腕を持っており、赤い長髪は獅子《しし》のたてがみを思わせる。

武断的な性格が強いというゴルカ族の族長らしい容姿だ。

まず互いが一通りの自己紹介を終えたあと、そのドゥシャンが口を開いた。

「呼びつけてしまって済まない、ロルフ殿。あんたと話してみたかったんでな」

「光栄だ」

「厳つい大男を想像してはいたが、予想どおりだったよ」

そう言って大笑するドゥシャン。

アルバンと同じく豪快な気質を思わせる。

だが、笑顔の後ろに何か別の感情があるようにも見えた。

「見ろ。怖くてディタが縮こまってしまっている」

「ぞ、族長。そんなことは……」

ドゥシャンの隣で、その秘書官であるディタが小さくなっていた。

二十代の女性だ。

少し俯《うつむ》きながら、小さな声でドゥシャンの言を否定しようとしている。

「ロルフ、貴賓の秘書官殿を怖がらせるんじゃないぞ」

「怖がらせているつもりは無いのだが……」

不本意な言われようだった。

第一、アルバンとドゥシャンも柔和な風貌とは言えない。

「まあ王国に反逆し、あまつさえ領土を奪った男だからな。そのぐらいのツラ構えでなくては。さあ、一連の戦いについて聞かせてくれ」

笑いながらそう言うドゥシャン。

それに応じ、俺はヘンセンに来てから領都を落とすまでの戦いについて語って聞かせた。

◆

「そうか。そしてエストバリ姉弟が討たれた結果、領軍も降伏したと」

「ああ。こうしてアーベルは落ち、俺たちはストレーム領を奪取したんだ」

俺が話している間、ドゥシャンはかなり頻繁に、それでいて鋭い質問を繰り返した。

戦略、戦術の両面から、今回の戦いを理解し切ろうとしているようだ。

そして俺が一通りを話し終えると、彼は腕を組んで息を吐いた。

「むう……。苛烈な連戦を、見事に戦い抜いたものだ。ディタはどう思う？」

「凄《すご》い戦いです。私には想像もつきません……」

消え入りそうな声で感想を言うディタ。

ドゥシャンが続けて言った。

「ロルフ殿の言葉は自身の功を誇大にせず、客観に徹したものだ。それでいて、敵と味方の見るべきところをしっかりと伝えている。話を聞くだけで、あんたという男の非凡さが分かるというものだ。会わせてもらったのは正解だった」

「そこまでの評価を頂けるとは思っていなかった。恐縮だ」

こうも褒められると逆に居心地が悪い。

褒められ慣れていないのも困りものだな。

「さて、ヴィリ族と結んで兵を出すのは我々も望むところだし、同盟は予定どおり締結するとして、今後の展開を改めて聞いておきたい」

ドゥシャンは居ずまいを正して問いかけてきた。

俺は頷き、これからの戦いについて説明する。

「次に攻めるのは、旧ストレーム領の東に隣接するタリアン領だ。地形の関係上、そこしかない。それに向け、ゴルカ族を加えたうえで軍の再編を急ぎたい」

「王国から旧ストレーム領へ攻めてくる可能性は？」

「ほぼ無い。俺たちの進軍先がタリアン領であることは向こうにも分かっているからな。防壁に守られた領都を攻めるより、タリアン領に引き込んで魔族軍を叩こうとするだろう」

アーベル侵攻の際、俺たちは領軍をアーベルの外に引っ張り出して叩いたが、今度はそれが逆の立場になるのだ。

もちろん勝敗まで逆にするつもりは無いが。

俺の答えに、横でアルバンが頷き、そして補足する。

「タリアン領との領境は広い平原になっている。そこで我々を迎え撃とうとするはずだ。小細工の利かない正面衝突になる。だからこそドゥシャンよ、数が、ゴルカの兵が必要なのだ」

「分かるともアルバン。相手は清騎士クロンヘイムが率いる第二騎士団か？　あそこが一番近いよな？」

「そうだが、俺とロルフの見立てでは、第二は出てこないと思っている」

「ああ。第二騎士団は今、動けない。おそらく第三が来るだろう」

次点で第五もあり得る。

タリアンと意思疎通が図りやすく、かつ俺をよく知っているからだ。

ただ第五が居るノルデン領は遠すぎるし、そもそも数も少ない。

やはり警戒すべきは第三なのだ。

「そうか、第三騎士団……。団長はユーホルトだったか。アルバンはどこかの戦場で見《まみ》えたことがあったよな？」

「ああ。十五年近くも前だ。あの男、そのころからずっと団長をやっている」

マティアス・ユーホルト。

その堅実性と安定感は、中央の信頼を集めてやまない。

弱点を見つけることが最も難しい騎士であるように思う。

厳しい相手だ。

それにしても十五年か。

今さらだが、二十歳の俺は明らかに若輩で、この二人も、それに件《くだん》のユーホルトも、俺が生まれる前から戦っているのだ。

年輪の重みに、粛然とさせられる。

「どうしたロルフ殿。考え込んで」

「いや、何でもない。それで同盟の件だが」

「ああ、すぐにでも締結し、軍の編制に入ろう。ディタ、細かい調整を頼む」

「はい。分かりました」

「感謝するぞドゥシャン」

「アルバン、これからだ。これから更に戦勝を積み重ねて、他の氏族も引き入れていかねばならない」

「そうだな。そのためにも、今度の戦いで負けてはいられない。ロルフ、頼んだぞ」

「ああ、分かっている」

俺は決意を込めて頷いた。

こうしてヴィリ族とゴルカ族の同盟は成り、俺たちはタリアン領へ侵攻し得る兵力を手に入れたのだった。

◆

会談を終え、俺たちは広間を出た。

そして広間の外で待機していたドゥシャンの護衛らと合流し、皆で宿の廊下を歩いている。

ドゥシャンは礼を知る男のようで、俺とアルバンを出口まで見送ってくれる。

「やはり、話を聞かせてもらって良かったよ」

並んで歩きながら、ドゥシャンが言った。

少しだけ低く、感慨を含んだ声音だ。

彼は今日、終始豪快に笑っていたが、その笑顔には僅かな影が差していた。

それが何なのかを考えていたが、どうやら分かった気がする。

彼は何かを割り切るために、あるいは許すために、この場に臨んだのだ。

「ドゥシャン殿……亡くなったのは何方《どなた》だろうか？」

「怖い男だな。分かるのか」

「ずっと悲しい顔をしておられるしな。それにその腕章、たぶん喪章だろう？」

ドゥシャンとディタは、黒地に緑の線が入った腕章をしていた。

緑を、死者に捧ぐ色と位置づける氏族が幾つかあったはずだ。

ゴルカ族もそれなのだろう。

「悲しい顔をしてたつもりはないんだがな。死んだのは妻だよ」

「そうか……お悔やみ申し上げる。ディタ殿の母君ということだな」

びくりと肩を震わせ、後ろを歩いていたディタが立ち止まった。

アルバンが少し驚いた表情で俺を見る。

「彼女がドゥシャンの娘だと知ってたのか？　俺は言ってなかったと思うが」

「まあ、何となくな」

同じ喪章を着けていたし、耳の形が同じだし、何よりディタに向けるドゥシャンの気遣わしげな視線は、父親のそれだった。

ディタは立ち止まったまま、俯いている。

その右手は、自らの懐に入っていた。

「ディタ殿。やめておいた方が良い」

声をかけるが、彼女から反応は無い。

アルバンとドゥシャンは、訝《いぶか》しげに眉をひそめている。

戦士あがりとは言え、今の彼らはあくまで文官。

常より殺気の類に敏感でいられるわけでもないのだろう。ディタという人への信頼もあったに違いない。

だが俺は、会談が始まった時から彼女の持つ敵意に気づいていた。

「俺を殺しても、母君は戻ってこない」

そんなことは分かっている。

彼女の纏う空気が、そう伝えていた。

同時に目を怨嗟《えんさ》で満たし、懐から短剣を取り出す。

そしてそれを俺に向け、跳び込んできた。

「ディタ!?」

ドゥシャンが驚愕《きょうがく》に叫ぶ。

俺は一歩前に出て、短剣を持ったディタの手を掴《つか》んだ。

「うあああぁぁぁーーー!!　人間が！　人間がぁーーー!!」

泣き叫ぶディタ。

そこへドゥシャンの護衛たちが殺到し、彼女を取り押さえる。

「お前たちが!!　お前たち人間が母さまをーーー!!」

短剣を奪われ、羽交い絞めにされながらも、その目は俺から離さない。

鬼気迫る視線を、それで射殺そうとしているかのように俺へ向けている。

「があああぁぁぁぁぁぁーーー!!」

憎悪という刃で自らの喉を破らんばかりの叫喚。

静かな廊下に、叫び声だけが響き続けた。

◆

ディタはこの場から連れ出された。

そしてドゥシャンは顔に忸怩《じくじ》たる思いを浮かべ、俺に謝罪する。

「ロルフ殿、アルバン。済まない……！　俺としたことが、我が子の監督も出来ず、このような事態に……！」

歯噛みした顔を俯かせ、絞り出すように言うドゥシャン。

その悔しさは如何《いか》ほどか、握られた両拳が震えている。

「ディタは必ず厳刑に処する。かかる事態、決して、決して……軽視はしない……！　俺は、族長として……」

　ぼろりぼろりと、ドゥシャンの双眸《そうぼう》から涙が零《こぼ》れた。

　厳めしい顔をぐしゃりと歪《ゆが》め、嗚咽《おえつ》を喉で押し留めている。

　ディタがあの拳に及ぶまで、彼女の心情に気づけなかったという事実は、父親としてのドゥシャンを打ちのめしていた。

「俺は何ともない。厳刑の必要は無いだろう」

「有り難い仰せだがロルフ殿、他氏族に対する刃傷《にんじょう》沙汰だ。ディタの罪はあまりに重い！」

　叫ぶように答えるドゥシャン。

　声音に無念が滲《にじ》み出《で》ている。

「刃傷沙汰じゃない。負傷していないのだから」

「よしてくれロルフ殿！　赦《ゆる》す理由にはならん！」

　ディタが処断されれば、それを以《もっ》て俺を恨む者がまた出てくるに違いない。

　この公正なドゥシャンの胸中にも、何かが燻《くすぶ》ってしまうだろう。

　そんな円環は断ち切りたい。

　赦すことも戦いなのだ。

「アルバン殿。この件について我々ヴィリ族側から要求することがあるだろうか？」

「無い。同盟さえ成ればそれで良い」

　本来、族長として貸しを作っておくべき場面ではあるだろう。

だがアルバンも娘を持つ身。

娘の母を喪《うしな》っている点もドゥシャンと同様だ。

彼に対し、相通《あいつう》ずるものを感じているに違いない。

「ドゥシャン殿。こちらの族長もこう言っている。貴方の差配に口出しは出来ないが、彼女を処断することは我々の未来に解決をもたらさないと俺は思う」

「し、しかし！」

「それに族長の責務より父親の責務を優先すべき時ではないだろうか」

「…………！」

言葉に詰まるドゥシャン。

彼が父親として娘を大切に思っていることは、見れば分かる。

それでも族長として厳しくあろうとしているのだ。

組織の長として公正な態度ではある。

だが父親にも責務がある以上、常に公人の責ばかりを優先すべきとは限らないのではないか。

「まあ、子を持ったことの無い俺などに、親の何たるかが分かるはずもないが」

「ロルフ殿…………」

「ドゥシャンよ、ここはロルフの言うことを聞いておけ。ディタとよく話し合うんだ」

「…………済まない。二人とも、感謝する……！」

頭を下げるドゥシャン。

願わくばディタも赦しに至って欲しい。

それを俺が願うのは筋違いかもしれない。

だが心を憎悪に絡め取られれば、きっと俺たちは戦いに負けるだろう。

◆

「で、ディタって人はどうなったの？」

「さすがに秘書官の任は解かれるようだが、刑は科されないそうだ」

「そうなんだ。良かったじゃない」

リーゼは、どこかあっけらかんと述べた。

思えば彼女は、まったくと言って良いほど俺に敵意を示したことが無い。

彼女にも、胸に秘すものが皆無であるということは無いと思うのだが。

感情の受け止め方、感情の発露の仕方。

それらは本当に人それぞれであるようだ。

「短剣で刺すぐらいじゃロルフを殺せるわけないのにね」

「いや、刺されたら死ぬと思うが……」

わけの分からないことを言い出すリーゼ。

俺を何だと思っているのだろうか。

「着いた。ここだよ」

「おお、これは……」

背の高い書棚がずらりと並ぶ光景。

そこにぎっしりと詰まった、大小さまざまな本たち。

古びて色褪《いろあ》せた背表紙は、それが長く知を伝えてきたものであることを証明している。

「本当に書物が好きなんだね。目が輝いてるよ」

俺は、ヘンセンの蔵書院に入らせてもらっていた。

是非ともこの地の歴史や知識に触れたかったのだ。

ドゥシャン以下ゴルカ族の面々は、しばらくヘンセンに残り、ヴィリ族の武官と細かい調整を行う手筈《てはず》になっている。

したがって、武官である俺たちはこれから更に忙しくなる。

ここを訪れるなら今のうちだと思ったのだ。

俺はぐるりと書棚を見まわす。

予想以上の蔵書量、そして子供のころから大好きな紙の匂い。

ここが領軍に焼かれなくて本当に良かった。

「悪いな、案内を頼んでしまって」

「良いよ。私もここ好きだし。あ、これとかよく読んだな」

リーゼが手に取ったのは、竜の伝説に関する本だった。

あまり女性が好む本ではないと思うが、リーゼは好きらしい。

「さすがだ。良い趣味をしている」

「竜はロルフも好きなんでしょ？」

「ああ、一家言《いっかげん》あるぞ。美しく迫力ある伝説の数々と言い、圧倒的な存在感と言い、竜というものには実に夢想のしがいがある。一部には実在しなかったとする説もあるが、それは誤りだ。二柱の竜が実在したことは、今日まで残る様々な爪痕によって証明されているんだ。博物学者で竜研究の第一人者、ベネディクト・スヴェンソンが著した『大竜譜纂《たいりゅうふさん》』では、古代史に語られる竜の伝説と、各地に残る竜の痕跡の符合について詳しく説明されているな」

「そ、そう」

「竜の起源は、神代《かみよ》の昔より更に太古へ遡る。生命が無かった時代から世界に存在していたとも言われている。ここまで来ると浪漫主義が過ぎると言う者も居るが、重要なのは、竜が世界の観測者であるという論が持つ説得力であって、もしそうなら」

「と、とりあえずこれ見てみる？」

リーゼがさっきの本を差し出してきた。

まだ語り足りないが、それを受け取ってページをめくる。

「ふむ。これには竜人伝説について書かれているな」

熾竜《しりゅう》ジュヴァには、人間との間に子を生《な》したという伝説がある。

この伝説は、ジュヴァと人間の恋物語や、その子供の冒険譚《たん》など、様々なかたちで今日まで語り継がれているのだ。

いずれもあくまで創作だが、子を生したのは事実であるという説は根強い。

この本は、その説を学術的に論考したものだった。

「かなり真面目なアプローチの本だな。リーゼは昔からこういうのが好きなのか？」

「いや、物語とかの方が好きだよ。でもジュヴァの子供の話は何か好きで、色々読んだの」

竜と人間の子供。

居るなら会ってみたいものだ。

「それってロルフだったりする？」

「俺ではないな、どう考えても。何故そう思うんだ？」

「だって色々普通じゃないし、その剣使えてるし」

確かに、俺が腰に佩《は》く煤の剣は、竜の伝説の一部だ。

これを持つことを許されているという点において、竜との縁を感じぬでもない。

だがさすがに俺は竜の子じゃない。

「普通に歳《とし》を取っているぞ」

「竜の子は、ある時期までは普通に歳を取って、そこで止まるらしいよ」

「いや、俺は太古から生きていない。まだ生まれて二十年ちょっとだ」

それにこの剣は、古竜グウェイルオルに縁《ゆかり》のある剣だ。グウェイルオルの炎で炭化したものと伝えられている。

ジュヴァはグウェイルオルと反目したというし、その子供が使えるのもおかしいような気がする。

「むー、残念。でもあんまり二十歳《はたち》に見えないけどね。特に中身が若者っぽくない」

残念がられても困るうえに余計なお世話だった。

◆

その後、数冊を借り受け、蔵書院を後にした。

好きな本を持ち出して良いというのは有り難かった。

俺は魔族の武装に関する解説書と、この地の郷土文化に関する本、それと魔族社会に議会制を成立させた者たちの伝記を借りた。

「ずいぶん色んな分野から選んだものだね」

「狭く深く学ぶのも大事だが、今は魔族について広く知りたいからな」

小ぶりなヤマイモを甘く煮たものを口に運びながら、茶を飲む。

蔵書院を出た俺とリーゼは、茶店に来ていた。

リーゼへの今日の礼だ。

この町も、中心部は商店が多く、それなりに華やいでいる。

飲食店と言えば酒場が多いが、茶と簡素な茶菓子を出す店も点在していた。

喫茶文化の賜物《たまもの》であるようだ。

俺たちは店先のテーブル席に向かい合って座っている。

陽射《ひざ》しが暖かく、気持ち良い。

「あー、このお茶おいしい」

「良い香りだ」

幸せそうに茶を飲むリーゼ。

今日は終始笑顔でいる。

戦場では凛々《りり》しいものだが、こうして見るとやはり少女だ。

「なに？　じっと見て」

「いや……実はリーゼに相談がある」

「相談？　ロルフが私に？」

アルバンに相談しても良かったが、リーゼら同格の仲間もきちんと頼ると俺は決めているのだ。

だから彼女に聞いて欲しかった。

「ああ。構わないか？」

「もちろん」

一口、茶をすする。

それから、椀の中で揺れる茶に目を落としつつ、俺は話し始めた。

「……収容所の戦いで、よく知る者と会ったんだ。具体的には、俺の妹だ」

「…………」

「覚悟を持って臨んだ戦い、のつもりだったんだが……」

それから俺は、心情を語った。

決意のもと国を捨てたこと。

旧知の者とも戦う覚悟であること。

それが家族や、それと同じぐらい親しい者であっても、戦わねばならないと思っていること。

信ずるもののため戦場に立つ以上、戦えない、戦いたくないと言って覚悟を翻《ひるがえ》すつもりは無いこと。

俺の話を、リーゼは黙って聞いてくれた。

さっきまでとは打って変わり、真剣な表情をしている。

「だが、収容所で妹――フェリシアと戦った時、俺は彼女を斬れなかった」

彼女に肉薄し、その身に剣が届くところまで行った。

彼女は『冷刃《チリィブレイド》』で近接戦闘にも対応してきたが、それは俺にとって、おそらく脅威と言えるものではなかった。

だが俺の剣は、彼女の肩口をかすめるのみだったのだ。

あの時、本来なら彼女を倒せていたのではないか。

俺の心はフェリシアを斬ることを拒絶したのではないだろうか。

つまり自身の覚悟を否定したのだ。

俺は修羅になりたいわけではない。

だが、俺を迎え入れようとしてくれている魔族たちを裏切るような行動には、やはり恥を感じる。

「俺は、覚悟が出来たつもりになっていただけの男なのかと……」

そこまで言うと、リーゼが対面から背伸びして手を伸ばしてきた。

そして掌を俺の頭に乗せ、撫《な》でる。

「ふむ……これはどういうアレなんだ？」

「ちゃんと相談出来て偉いなって」

そう言って、リーゼは座り直し、また茶をすすった。

俺に向けた目を優し気に細めている。

「ロルフは、我慢しちゃう人なんじゃないかって思ってた」

「実際そうかもしれん。頼ることの大事さを知ってはいるつもりだが、中々な」

「我慢出来ちゃうのも考えものだね」

薄く微笑《ほほえ》み、正面から俺を見つめるリーゼ。

長い金髪が、午後の陽光に美しく照らされている。

「迷うのは当然だよ。揺らぐのは当然。それは裏切りでも何でもないと思う。魔族にせよ人間にせよ、心を持ってるんだもの。でもロルフの覚悟はひたすら気高くて、そこには嘘《うそ》もまやかしも全然ないよ」

優しく、どこまでも優しく俺を肯定するリーゼ。

声音は綿毛のように柔らかく、暖かい。

「かつて一緒に居た人たちとの戦いを、私たちはロルフに強いたくなんてない。もし戦えなくなったら、いつでも私に言って欲しい」

目の前の少女は俺より二つほど年下だが、大きな責務を与えられて久しい。

人より多く、そして深く、物事を理解しているのだ。

それがよく分かる語り口だった。

「ただ知ってて欲しいの」

「何を？」

「私たちからの感謝を。国を捨ててでも立ち上がってくれた、私たちのために怒ってくれた人。そんな普通じゃない、あんまり笑わないけど物凄《ものすご》く優しい人。そんな人に対する、心からの感謝を」

「………………」

「本当に言葉では言い表せないんだよ。本当に、本当にありがとうって思ってるんだよ」

「リーゼ……」

熾火《おきび》のようなものが胸に灯《とも》るのを感じる。

これさえあれば戦える。そう思わせる類の、小さいが力強い炎。

「相談してもらえて嬉しい。私を信頼してくれてるからだよね」

「ああ、そうだとも。おかげで少し楽になったよ」

「ふふ……私も信頼してるからね。みんなそうだよ。父さんだってそう」

族長である彼女の父、アルバンも、どうやら俺を信頼してくれている。

俺の居場所は出来つつあるのだ。

ディタのような人たちとも、きっといつか分かり合えると信じよう。

「そう言えば父さんと飲み明かしたんでしょ？　私が当直で留守だった日に」

「ああ。色んな話を聞かせてもらったよ。リーゼの話も」

「えっ？　私の話ってどんな？」

「幼いころの話だ。なんでも外で小用を足す癖があったそうだな。なんとも変わった癖で――」

「わあああああああああああ!!」

◆

まさに激憤だった。

だがこれは俺が悪い。

俺にはどうも無遠慮というか、道理が分からない部分があるようだ。

幼少期の話であるなら、礼を失したものにはならないと思っていた。

鼻を拳《グー》で殴られるほどの事だとは知らなかったのだ。

「クソ親父コロす!!」

別れ際、リーゼはそう叫んでいた。

アルバンの命運が尽きてしまった。

彼には悪い事をしたかもしれない。

とにかく反省し、今後に活《い》かすとしよう。

顔を押さえながら帰路につく俺だった。

◆

「ふぅ……」

日はすっかり落ちていた。

素振りを終え、俺は一息つく。

強度を上げた訓練にも、だいぶ慣れてきた。

しっかり順応し、訓練を日々の一部とすることが大事だ。

地道に毎日続けることが最も重要なのだ。

「ロルフさん、その鼻はどうしたの!?」

「ああエマさん。なに、ちょっと殴られてな」

「なぐ……？　やっぱり軍は大変なんですね。あの人もムチャをしなければ良いけど」

やって来たエマが、夫のフランクを心配する。

隣家の夫妻はいつも仲睦《むつ》まじい。羨ましいことだ。

「ロルフさん、これ。馬乳酒です。おすそわけ」

「おお、ありがとうエマさん。こいつは嬉しい」

「ロルフさん、それ好きですよね。魔族でも苦手な人が居るんですけど」

「初めて飲んだ時は感動したよ」

受け取ったポットを手に、俺は改めて礼を言い、家の中へ戻った。

このような、近所づきあいのある生活は初めてで、何とも新鮮で温かみのある日々だと感じている。

今度、俺からも何か差し入れるとしよう。

◆

夕食を終え、貰《もら》った馬乳酒を椀にそそぐ。

これは馬の乳を発酵させたものだ。

酒と銘打たれているが酒精は殆ど無く、この地では子供から老人にまで親しまれている。

俺は少し口に含み、ゆっくりと飲み下した。

「ほぅ……」

清流が一日の疲れを洗い流すかのようだ。

独特の風味に、苦みと酸味がある。これが実に美味い。

今日を締めくくるに最良の一杯だろう。

実に価値ある一日だった。

あとは就寝まで、借りてきた本を読んで過ごすとしよう。

そう思っていた矢先、ドアがノックされた。

「ロルフさん」

「フランク。どうした？」

ドアを開けると、先ほどのエマの夫、隣家のフランクがそこに居た。

兵卒として軍に勤めており、したがって将軍である俺は上官にあたる。

だが気の置けない近所づきあいをしてくれている、裏表の無い好漢だ。

「ゴルカ族の人、あの若い秘書官さん、いや、元秘書官さんだっけ？　とにかくあの人、一人で平原に出たまま帰ってなくて」

「ディタ殿が？」

「そう、ディタさんだ。ちょっと今、騒ぎになってるんだよ。ロルフさんには伝えておこうかと」

ヘンセンの北側、防壁の外には平原が広がっている。

皆、夜はまず出歩かない場所である。

昼間はさして危険は無いが、日が落ちると魔獣が出るのだ。

「ここ何日か、大型の魔獣が出てたよな？」

「ああ、畏塊熊《イカイグマ》が。これちょっとヤバいかもしれない」

畏塊熊《イカイグマ》はかなり危険な夜行性の魔獣だ。

全長四メートルほどの熊型の魔獣で、岩をも砕く膂力《りょりょく》と、大樹を切り裂く爪を持っている。

そして通常の熊が人との関わりを避けるのに対し、この魔獣は積極的に人を襲い、そして喰《く》らう。

畏塊熊《イカイグマ》が出現している時に、夜まで防壁の外に居るのは自殺行為に近いのだ。

「分かった。知らせてくれてありがとう」

そう言って、俺は剣を手に家を飛び出し、北の防壁へ向かった。

◆

「どうも昼頃に一人で出ていったようです」

門に居た兵はそう言った。

その時の当番兵は、北東の岩場に畏塊熊《イカイグマ》が出ているから近づいてはならないことをディタに伝えたそうだ。

近場を軽く見て戻るのだろうと思ったらしい。

「いま人を集めています。まもなく捜索に出られますので」

「分かった。俺は先に行っている」

そう言って門外へ馬を走らせた。

ヘンセンに住む者でないとは言え、防壁外の危険性をディタが知らないはずが無い。

その危険の中へ、剣も使えぬ身で一人踏み入ったのだ。

明らかにまともな判断ではなかった。

打算的なことを言えば、今回の同盟のために彼女を救うべきだ。

族長の娘がこの地で魔獣の爪に切り裂かれでもしたら、同盟にケチがつくことになる。

先の傷害未遂のことが伝われば、それに起因する死ではないかと、おかしな風聞も生まれかねない。


だがそれ以前に、彼女は救われるべきなのだ。

あの女性に何が起きているのか、俺には分かる。

元々、憎悪とはまったく無関係だった人が、それを胸に宿さざるを得なくなった。

そして、突如宿った憎悪の扱いが分からず途方に暮れているのだ。

火の扱いを知らぬ幼子が、突然松明《たいまつ》を手渡されたようなものだ。

どうすれば良いのか分からず、焼ける手を絶望に満ちた目で見つめている。

憎悪の命じるまま俺に刃を向けても、何も変わらなかった。

そしてどんなに絶望しても、自身の喉に刃を突き立てることは出来ない。

いよいよとれる行動が無くなった彼女は、魔獣の跋扈《ばっこ》する平原へ踏み入ったのだ。

終わらせるために。

「見えてきたな」

前方に、大小さまざまな岩石群が現れる。

そのうちの一つ、高さ六メートルほどの、小ぶりな岩山とも言える巨岩。

その頂《いただき》付近にディタが居た。

頼りない足場に立ち、岩にしがみついている。

震えているようだ。目に涙を溜《た》めていることがここからでも分かる。

岩山の麓には、全身を黒い毛皮で覆った巨大な熊型の魔獣が一体。

やはり居た。畏塊熊《イカイグマ》だ。

岩山の上に居るディタを睨みつけている。

俺は馬から降りて、そこへ近づいた。

蹄《ひづめ》の音に気づいていた畏塊熊《イカイグマ》は、振り返って俺を見据える。

獲物が一匹増えた、とばかりに侮ってくれれば良かったが、どうやらそうもいかないようだ。

畏塊熊《イカイグマ》は警戒心を持ちつつ、低く構えて唸り声をあげてきた。

「ツガアアアア……！」

こいつは俺を危険な相手だと判断している。

処理すべき脅威であると。

そして前脚をつき、少しずつ間合いを詰めてきた。

俺も剣を正眼に構え、半歩ずつ近づく。

「む……」

俺よりずっと大きく、瞬発力にも優れる魔獣だ。

当然、俺より大きな間合いを持っている。

俺は既にこいつの間合いに入っているはずだ。
だが飛びかかってこない。
まだそこは俺の間合いの外だと分かっているのだ。
畏塊熊《イカイグマ》は、ギリギリまで近づいてから攻撃に転じようとしている。
「やはり高位の魔獣というのは賢いな……」
もし言葉が通じたなら戦術談議に花が咲くかもしれない。
そんなことを思いながら、しかし油断せず間合いを測る。
額を汗が伝った。
「グォアアア……！」
再び響く唸り声。
巨体を殺気で漲《みなぎ》らせ、奴はじりじりと近づいてくる。
俺はすべての集中力を以《もっ》て、その巨体を注視した。
奴の視線、足運び、そして毛皮の下で脈動する筋肉。
瞬《まばた》きもせずに畏塊熊《イカイグマ》を見据える。
そして筋肉が隆起し、次いで殺気が膨れ上がるのを感じ取った。
ここだ。このタイミングで躍りかかってくるに違いない。
俺は次の瞬間に訪れる攻防へ備え、息をすべて吐き出した。
そして全身の力を抜く。

来るはずだ。来い。

「ゴァァァァァァァ!!」

果たして奴は躍りかかってきた。

コンマ一秒ズレない、完全に予想どおりのタイミング。

俺は真横に転がって回避する。

ほぼ同時に、俺が居た空間を巨大な爪が切り裂いた。

そしてその直後、片膝をついた体勢から、俺は横薙《な》ぎの剣を放つ。

黒い刀身が魔物の喉を斬った。

「ガッ……!?」

分厚い毛皮、分厚い皮下脂肪、そして筋肉。

そのすべてを煤の剣は通過し、頸動脈《けいどうみゃく》を切断せしめる。

「……コハッ…………!」

喉から血を噴き出しながら倒れる畏塊熊《イカイグマ》。

巨体が崩れ落ちる時、ずしんという音が響き渡った。

月明かりの下、真っ黒な体が小山のように横たわる。

「ふぅ……」

一息つき、振り返った。

ディタが、岩にしがみつきながらズルズルと降りてくる。

俺も彼女のもとへ歩み寄った。

俯き、目を伏せるディタ。

「……滑稽よね」

「何がだ？」

「死ぬつもりで来たのに。でもあの魔獣に会って、怖くなって、あの岩山に」

「当然のことだ。貴女《あなた》の心は死を望んでいない」

「…………」

その時、岩山を昇り降りしてはだけた彼女の装束から、短剣がぽろりと落ちた。

ディタは鞘《さや》が無い剥《む》き身《み》の短剣を懐に呑んでいたようだ。

月光を受けて鈍く輝く短剣。

彼女はそれをのろのろと拾い上げ、そして構えた。

「う……う……うぅ……！」

「…………」

「うあぁぁぁぁぁぁーーー!!」

俺に短剣を突き出すディタ。

そして倒れ込むように近づき、刃を喉に向けてきた。

「はっ……はっ……」

震える両手で握られた短剣の刃が、俺の喉に当たっている。

ディタは俺の胸に顔を押さえつけ、喘《あえ》ぐように息をしていた。

「ディタ殿。その刃を押し込んだとして、俺の返り血を浴びたとして、貴女は楽にはならない。残念ながら」

「でも！　これ以外にない！　こうするしかない！」

「ではそうしろ」

ぐ、とディタの息がつまる音がする。

彼女は両の頬に涙を落としながら、俺を見上げた。

「やるべきことがあるのに命を投げ出すの!?　貴方は皆の希望なんじゃないの!?」

「投げ出していない。貴女では俺を殺せないから」

命に刃を向ける時、心の尽くを消費してしまう者は少なくない。

それが、普通の善良な人というものだ。

前回、宿の廊下で短剣を防いだ時に分かったが、ディタもそれだ。

ゆえにこそ、苦しんでいる。

「殺せるわ！」

「無理だ」

顔をぐしゃぐしゃに歪め、涙をぼとぼとと零すディタ。

俺の胸元に体を預けたまま見上げてくる。

喉に当たっている短剣が震え、ぷつりと皮膚が切れた。

俺の血が一筋、零《こぼ》れ落《お》ちる。

人間も魔族も等しく持つ、赤い血だ。

「ふーっ！　ふーっ！」

肩で息をするディタ。

激しい心音が、俺の胸を伝って聞こえてくる。

「か、母さまは……！」

「…………」

「いつも……やさしくて……私の、味方で」

ディタは語る。

渦巻くものを必死で吐き出す。

「私が……友達の持ってたお人形が欲しくて、泣いてたら……一晩中……お人形を縫って、拵《こしら》えてくれて……。私が、父さまとの馴《な》れ初《そ》めを聞いたら……微笑んで、昔の話を聞かせてくれて……。私が、秘書官に任命されたら……泣いて喜んでくれて……」

「…………」

「その任命のお祝いに……いっぱい美味《おい》しいものを作るって……。それで、隣の集落へ、私の好きな栃《とち》の実を貰いに行って……。その途中で人間の部隊に……」

「…………」

「母さまは…………全身を何か所も槍で刺されてて……。戦う力なんか持ってないのに……。執拗《しつよう》に穴だらけにされてて………」

　言いながら、短剣を取り落とすディタ。

　そして俺の体に寄りかかりながら、ずるずると崩れ落ちていく。

「う……うぅ……うぅ……」

　泣きながら地面に両手をつく。

　涙が大地に染みを作った。

「分かってる！　母さまを殺したのは貴方じゃない！　でも私は人間が赦《ゆる》せない！　だって人間は魔族すべてを殺す!!　母さまも、魔族だからという理由で殺された！　人間に殺された!!」

　振り上げた短剣がどこの未来にも繋がっていないことは、誰より彼女が知っていた。

　だが、そうせずにはいられなかったのだ。

　そうするしか無かったのだ。

「貴方は、私みたいな人をこれ以上生まないために戦ってる！　それなのに私は！　人間である貴方が憎い！　憎い！　貴方は今だって私を助けたのに！　それなのに憎い!!　私は！　私はぁ!!」

「ディタ殿……」

「喪《うしな》ったのは私だけじゃないのに！　みんな耐えてるのに！　みんな悲しんでるのに！　それなのに私はこうせずにいられなかった！　じ、自分が惨めで仕方ない！　私だけが弱い！　私だけが！」

「………強い弱いじゃない。ただ心が張りあげる声を止めることなんて出来ないんだ。どうにもならないんだよ」

「うわあぁぁぁぁぁぁーーー!!」

月夜に慟哭《どうこく》が響く。

悲しくて悲しくて、もう絶対に会えない人が恋しくて。

そして悲しみをもたらしたものへの憎しみが、やっぱり悲しくて。

「あああああぁぁぁぁぁぁーーー!!」

どうして憎まなければならないのか。

憎みたくないのに、どうして。

叫び声が、夜空にそれを問うていた。

◆

「手斧《ちょうな》を研ぐ場合は、このように斧《おの》の方を固定するんだ。そして砥石《といし》を手に持ってムラなく研ぐ」

庭先で薪を割ろうとしていたエマが難儀していた。

どうやら手斧の切れ味がかなり落ちていたらしく、薪に刃が殆ど通らない。

そこで俺が、研いだ方が良いと申し出たのだ。

「わあ、手際が良いですね、ロルフさん」

「戦う者なら刃物の手入れは出来て当然だからな」

特に俺はエミリーの武器の手入れを五年もやっていたのだ。

これぐらいは朝飯前というもの。

「そうなんですか？　うちの人はちっとも研いでくれませんよ？」

「どうやらフランクに悪いことを言ってしまったようだ。俺のせいで夫婦仲が悪くならなければ良いが」

「ふふ、大丈夫ですよ。うちの心配をするより、ロルフさんに良い人は居ないんですか？」

「これは手痛い反撃を受けてしまった。それよりほら、出来たぞ」

手斧をエマに渡す。

それを使い、エマが薪を割った。

「わっ！　すごい！　さっきと全然ちがいます！」

「よく切れない刃物は不効率なだけでなく、危険だ。手入れはきちんとした方が良い。俺に声をかけてくれても良いから」

「助かりますロルフさん！　わっ！　わっ！　すごく楽！」

やたらと楽し気に薪を割るエマ。

明らかに必要以上に割っている彼女の背後から、男が近づいてきた。

「来たぞロルフ」

「シグ」

「こんにちは、シグさん」

「おうエマ」

余所様《よそさま》の奥方に〝おうエマ〟は無いと思うが、まあシグは仕方ないか。

見ると、例によって頭にアルノーを乗せている。

「今日もシグさんはアルノーちゃんを標準装備ね」

「チッ、こいつが降りねーんだよ！」

「えへへへへ」

更にシグの後ろから子供たちが四人。

彼らはアルノーの友達だ。

皆、木剣を持っている。

「ロルフさん！　今日も剣、教えてもらって良いですか？」

「ああ、構わないぞ。ただこれからシグと大事な話があるから、そのあとでな」

軍の再編はつつがなく進み、俺たちはタリアン領への侵攻を間近に控えている。

今日はそれを踏まえ、編制と作戦行動をシグに伝える予定なのだ。

「ロルフ、こいつがエマんとこの馬を見たいらしいから行ってくる。ガキどもの相手しとけ」

頭上のアルノーを指さし、面倒くさそうに言うシグ。

エマがこっちよ、と言って歩き出した。

「そうか、分かった」

子供たちに剣を教えて欲しいと言われた時は面食らった。

ロルフという人間はめっぽう強い、という噂《うわさ》があるらしい。

それでなくとも、将軍となれば憧憬を寄せる子供は居る。

ディタのように憎しみに囚《とら》われてしまう者も居る一方で、人間に教えを請おうと考える子らも居るのだ。

「このあいだ教えた、剣の握り方は覚えているか？」

「はい！」

俺は人に教えるほどのタマではないが、何とか先生の真似事《まねごと》をしてみる。

もっとも俺が彼らに教えるのは、ごく基礎的な部分と、護身の範囲に留まる簡素な技術、そして心構えだ。

敵を倒す技術は、この子たちにはまだ不要だろう。

もう少し成長して、本当にそれが必要だと自ら判断したなら、改めて身につければ良い。

とは言え、彼らが長じるころ、きっとそれらの技は不要な世界になっている。

きっとそうなるはずなのだ。

◆

「でやあああああ！」

子供たちが、四人がかりで俺の足に取りつき、押し倒そうとしてくる。

皆、なかなかのパワーだが、これぐらいでは俺は倒れない。

剣術の指導中、膂力はどれぐらいあった方が良いのかと問われた俺は、あって困ることはないと答えた。

その後、いま皆にどれぐらいの力があるのか見てみようという話を経て、このかたちになったのだ。

「のおおおおお！」

四人とも、気合い十分に押し込んでくるが、俺は動かない。

ここで倒れて成功体験を与えるべきだろうかとも思ったが、見たところ四人とも克己心が強く、俺が立ちはだかった方が成長に繋がりそうだったのだ。

「うううおおおおお！」

「どうした？　俺はグラつきもしていないぞ？」

「くうぅぅぅおおお！」

「何してんだよそれ」

シグたちが戻ってくるまで、子供らは必死に俺の足を押し続けた。

その後、指導を切り上げると、子供たちをエマが送ってくれた。

アルノーはシグの頭から降りたがらなかったが、エマが大事な仕事の話だと言ったら引き下がってくれた。

それから、タリアン領での作戦行動についてシグと対話を持つ。

彼は特に役職を与えられているわけではないが、やはり立場が特殊だし、何より、大きな戦力なのだ。

領境の平原で第三騎士団とぶつかる際、彼に求める役割について話しておく必要があった。

「まあ遊撃が一番やり易《やす》いからよ。それで良いぜ」

「シグ。遊撃と言っても好き勝手というわけじゃないからな」

「分かってるよそんなもん」

遊撃を担当する者には、攻める相手と守る味方を戦況に応じて判断するという、高度な戦術眼が必要だ。

シグは、論理立ったそれを持っているわけではないが、代わりに戦場の勘所を押さえる嗅覚のようなものを持っていると思う。

それを活かし、なるべく自由に動いてもらうのが全体にとって有益だと俺は判断したのだ。

「ま、バシッと片付けてサッサと帰ってくるか」

〝帰ってくる〟。

シグはこの地を帰る場所と言った。

かなり順応性が高いようだし、魔族との生活に心配は要らないようだ。

「そうだな。片付けよう」

もっとも、このとき話した内容は、のちに結局不要になってしまうのだった。

◆

日が暮れ、シグが帰った後、俺は軍の編制表を再チェックする。

戦いが近づくにつれ、緊張感が高まっていく日々だ。

俺は編制や作戦について、納得がいくまで何度も確認し続けていた。

「相手はユーホルトだからな……」

第三騎士団団長、マティアス・ユーホルト。

十五年、騎士団長を務めている男。

その間、中央の期待を裏切ったことは一度も無いと言われている。

強大な相手だ。

「少し休憩するか」

思考に疲れを感じた俺は、馬乳酒の入ったポットを手に取った。

そして中身を椀にそそぐ。

こいつの苦みと酸味は、頭をキリっとさせてくれるのだ。

そして椀に口をつける直前、ドアがノックされた。

誰だろうか。立ち上がってドアを開ける。

そこに居たのは、先日、防壁の外で対峙した人だった。

「ディタ殿」

ゴルカ族の族長の娘、ディタだ。

ドアの外に、俯いて立っている。

「どうしたんだ？　とにかく入ってくれ」

「ここで良い。これ」

ディタが差し出したのは、服だった。

戦場で着るタイプの、革の外套《がいとう》。

真っ黒で、かなり高級感のある風合いをしている。

「俺に？」

「そう。貴方が倒した畏塊熊《イカイグマ》だから」

「畏塊熊《イカイグマ》の革で仕立てたのか？　まさか貴女が？」

ディタはこくりと頷いた。

これは驚いた。

畏塊熊《イカイグマ》の革で作られた装備は、とんでもなく貴重だ。

素材の希少性もさることながら、仕立てられる者が殆ど居ない。

銀の鎧《よろい》よりも高価なのだ。

そして性能も素晴らしい。

まったく動きを阻害しないほど軽いうえ、非常に丈夫なことで知られている。

「これほどのものを……縫製も意匠も見事なものだ」

手渡された外套は凄い代物だった。

美と深みを持った漆黒は、黒曜石を思わせる。

そして細部まで完璧な作りは、どこか執念を感じさせた。

仕立てた者の鬼気迫る感情が伝わってくるようだ。

まるで、憎い仇《かたき》に刃を突き立てることを想像しながら一針一針を入れたかのような。

……いや、実際そうなのだろう。

「今もって、私は人間を、貴方を赦《ゆる》せない。赦そうとしても、穴だらけになった母さまの姿が頭に浮かんでしまう。どうしても……赦しに辿《たど》り着《つ》けない」

「…………」

「苦しいのに……。憎くて憎くて、それが苦しくて仕方ないのに、憎むことから逃れられない。きっと私は、死ぬまでこのまま」

「そんなことは無い。時間は要るだろうが、その時間が、きっと貴女の心を解放してくれる。そしてそれまでの間、ドゥシャン殿はじめ、貴方を大切に想う人たちが助けになってくれるはずだ」

「……………」

「それから俺は、言葉で貴女を慰める術を持ってはいない。だが、俺の戦いは母君の鎮魂にきっと繋がる。それを信じて俺は戦うだろう」

「……そう」

「ああ、そうだとも。それとこれ、本当にありがとう。素晴らしい装備だ」

「別に。私は、助けられたことに対価を支払ってるだけ」

「そうか。だけどディタ殿、先に謝っておく。この外套は戦いの中できっと何度も斬りつけられ、傷だらけになる。俺はそういう戦い方をする男だから。だが俺は、どの戦場へ行ってもこれを頼りにさせてもらう」

「どうでも良い。あとこれ、鞘も作ったから」

「鞘も……助かる」

煤の剣は元々剝き身で奉られていたので、鞘は間に合わせのものを使っていたのだ。

畏塊熊《イカイグマ》の革で作られた鞘は、これも見事な美しさだった。

「じゃあ、帰るから」

「送ろう」

「無理。送られたくない。それに、この町はそのへんの治安は大丈夫だから」

そう言って、振り返ることなく立ち去るディタ。

俺は彼女のうしろ姿をずっと見つめていた。

「赦せるさ……いつかきっと」

◆

今日は色々あった。

感慨に一つ息を吐き、馬乳酒の入った椀を手に取る。

そして椀の中に揺れる白い液体を眺めながら、一日を思い起こす。

様々な示唆を得た日だった。

まだ何にも染まらず、そのため人間である俺を手放しで信用する子供たち。

憎しみに囚われながらも、赦したいと願うディタ。

人間と魔族は共に戦える。俺はそのことを再認識した。

俺とシグだけではない。この先、新たに人間と結ぶことは可能だ。

最も重要なのは、魔族排外主義が女神信仰と結びついているという点だ。

この推測は、かなり確度が高い。

実際、信仰心の薄い唯物論者たちを集めたアーベルの参事会は、今のところ上手く回っている。

つまりこの先、女神信仰から遠ざかっていて、かつ王国に盲従していない者たちが現れれば、誼《よしみ》を結ぶことも出来るはず。

この戦いは所謂《いわゆる》絶対戦争――すなわち敵の殲滅《せんめつ》を目的としたものではない。

王国にとってはそうでも、俺たちにとっては理不尽からの解放をこそ目的としたものなのだ。

決して種族間の戦争ではない。

であればこそ、人間と協力することは可能だ。

「そのためには、俺がもっと頑張らないとな」

真摯に戦う姿を見せることで、信じるに値する人間も居ると魔族たちに示すのだ。

そして、魔族と結ぶことを良しとする人間たちと出会うのだ。

今後の展望を考えながら、俺は馬乳酒の椀を口に運ぶ。

そして唇をつけようとした瞬間、またドアがノックされた。

「来客の多い夜だな」

そう言って、ドアを開ける。

今度は見慣れぬ男が立っていた。

「軍の者のようだが」

「はい。ロルフさん、貴方に手紙です」

「手紙？」

「アーベルの参事会に届いたんです。どうもタリアン領から来てるらしくて」

「ふむ」

手紙を受け取り、開封する。

そして差出人の名を見て驚いた。

「フリーダ……？」

アールベック子爵邸で出会った三人。フリーダに、アイナとカロラ。

屋敷に囚われていた彼女たちは、俺に協力してくれた。

そしてアールベック子爵父子の犯罪を暴き、彼らを失脚させたのだ。

子爵父子を捕縛した時の、フリーダの美しい剣技をよく憶えている。

印象的な剣士だ。

手紙は、そのフリーダからのものだった。

◆

ロルフらの居るヘンセンとその南の森から、バラステア砦を挟んだ先にある旧ストレーム領。

そしてその東側に隣接しているのが、タリアン領である。

間もなく戦場になると目されているその地には、王国最大の商会、ローランド商会がある。

商会が本拠とする石造りの大きな建物は、領の中心、タリアン子爵邸にほど近い場所にあり、そこでは日々、多くの者たちが働いている。

その最上階、来賓用の応接室は、高級ながら拝金主義を感じさせない、上品な調度でまとまっており、この商会が王国最大の栄誉に恥じないものであることを示していた。

今、その応接室にローランド商会会長、トーリが居た。

茶色い髪と口髭《くちひげ》を持ち、紳士然とした細身の中年男性である。

そして彼と向き合って座っているのが、バート・タリアン。

この地の領主、タリアン子爵その人であった。

「トーリ会長。急な来訪、済まない」

「とんでもございません。子爵様自らにご足労頂くとは、汗顔の至りでございます」

タリアン子爵は、長めの金髪と立派な体格を持った四十歳手前の男性。

彼は騎士団で団長を務めた経歴を持つ男だ。

ロンドシウス王国では、騎士団に入って叙任を受ける貴族が少なくない。

軍国主義が強いこの王国にあって、一つの重要な箔《はく》づけなのだ。

その箔も、騎士団長ともなればより輝くというものだった。

騎士団は五つあり、即《すなわ》ち団長の座も五つ。

だが、そのうち幾つかは埒外《らちがい》の英雄たちによって事実上占有されている。

そのような中で騎士団長まで昇りつめたタリアン子爵は、その事実を見る限り有能ということになる。

少なくとも本人はそう思っている。

そしてタリアン子爵の横に座る彼の長女、ソフィ・タリアンも、父に対して強い畏敬の念を抱いていた。

騎士団長として魔族との苛烈な戦いをくぐり抜け、そののちは王国の子爵として領民の敬愛を集めている偉大な父。

彼のようになりたいと、心から思っているのだ。

父と同じ黄色味の強い金髪は長くウェーブがかかっている。

切れ長の美しい目は気の強さを印象づけた。

そして実際、気位の高い女性であった。

「トーリ殿。このような情勢にあっては、貴方から早期に我が父を訪ねるのが当然であるはず。この体たらくでは王国への忠誠を疑われても仕方ないぞ？」

「よしなさい、ソフィ」

「いえ、ソフィ様の仰せのとおりでございます。此度《こたび》の無礼、平にご容赦願いたく」

ソフィの言う〝この情勢〟とは、魔族軍がタリアン領へ攻め入ろうとしている状況を指す。

それを迎え撃つため、すでに第三騎士団がこの地に到着している。

戦いが近く、領内の人々は緊張の渦中にあった。

そのような中、ローランド商会の会長という重鎮が自ら協力を申し出ないのはどういうことかとソフィは言っているのだ。

「まあ、何だ、トーリ会長よ。ソフィの言い様は中々に辛辣だが、間違ってはおらぬ。領民が一丸とならなければ戦には勝てぬゆえにな」

「父上、辛辣にもなります。領民の代表とも言える者が、父上の陰に隠れて戦おうともしないようでは」

トーリを睨みつけながら言い放つソフィ。

彼女は、タリアンが騎士団在籍中に生《な》した子で、現在二十歳。

彼女もまた騎士団に居た。父のような騎士を志してのことである。

貴族子女が多く在籍する第五騎士団ではなく、このタリアン領から近くに本部を持つ第二騎士団に在籍していた。

彼女も団長となることを目指したが、第二騎士団の団長、クロンヘイムは傑物だった。ソフィは彼を、父に匹敵し得る英雄と評した。

またクロンヘイムのもとで研鑽を重ねた騎士たちも精強であったため、競争が激しく、ソフィは一般騎士より上に行くことは無かった。

そして婿を迎えるため、昨年、この地に戻ってきたのだ。

それだけに、団長へ昇りつめた父の偉大さを、改めて思い知ったのだった。

だが彼女は、運や時流の巡り合わせが悪く、部隊長なりには就けなかったと悔やみながらも、剣には大きな自信を持っている。

父との稽古で、彼を追い詰めたこともあるのだ。

「良いかトーリ殿。父が言ったように、戦には皆が協力しなければならぬ。さすれば、不世出の英雄たる我が父が、必ずや勝利をもたらしてくれよう」

「は。私《わたくし》も子爵様の剣と英知を信ずるばかりでございます」

トーリは、この王国で商人として生きるなら、面従腹背《めんじゅうふくはい》こそ必須の技能と心得ている。

そしてこの日も、それを遺憾なく発揮していた。

彼の意見はソフィと異なっていたのだ。

タリアン子爵に対する評価がまるで違う。

王国最大手の商会長だけあり、情報の重要性が分かっているトーリは、タリアン子爵についてもよく調べていた。

タリアン子爵は確かに騎士団長を務めていたが、在任中に大した功績は無い。

のちのヴァレニウス男爵夫人を見出《みいだ》して、後任に据えたのが功績と言えば功績だが、英雄の戦果と呼べるものではない。

実際にタリアン子爵とは何度も会って話しているが、有能さを感じさせるものは無かった。

また、人品の方も好ましくない。

尊大で自己愛が強く、人を見下すことに愉悦を感じるタイプの男だ。

制度というものの必要性を正しく弁《わきま》えるトーリは、領主であり子爵であるタリアンに従うことを、ある程度当然と考えている。

だが王国最大の商会の長は、実利主義においても先鋒《せんぽう》を行っており、タリアンのような者たちが権威で固めている支配体制を、疎んじてもいるのだった。

加えてトーリにとって、痛烈に忍耐を強いられる点がある。

タリアンは好色だった。

騎士団在籍中、名望を強く欲する彼は団内の者に手を出すことこそ控えたが、その代わり、自領から愛人たちを呼び寄せては行為に耽《ふけ》ったのだ。

その時に生したのがソフィだった。

そして領主になってからは、権力を用いて自身の色欲を満たすこともしばしばだ。

そのタリアンの目が、トーリの横に向く。

そこに座っているのは、トーリの娘だった。

「アイナ殿はどうお考えかな？」

「……私などは子爵様に守って頂くだけの非力な小娘でございます。さして考えもありません」

「ははは。そう卑下するものではない。アイナ殿にしか出来ないこともあろう」

そう言って、トーリの娘、アイナの全身を舐《な》め回すように見るタリアン。

トーリは表情を保ちながらも、胸中を怒りで満たしていた。

「その後、大事ないか？　あれほどの事があったのだ、可哀想《かわいそう》に。何かあれば、領主たる私がいつでも力になるぞ？」

「もったいないお言葉です、子爵様」

アイナは数か月前、悲劇的な犯罪被害に遭っている。

それを知ったうえでの無遠慮な物言いに、怒りを深めるトーリだった。

だが彼にとって意外なことに、娘アイナは、さほど縮こまっていない。

彼女は元々気弱な性分で、領主からこのような言葉を向けられては、たちまち目を伏せてしまうような子だったのだ。

それが今は、どこか毅然《きぜん》としていた。

当のアイナも、自身の心中を少々意外に感じていた。

目の前の子爵が、くだらない人間に見えるのだ。

少し前なら、王国貴族たる領主へ反感を抱くことなど無かった。

王国が標榜《ひょうぼう》する王制崇敬と女神信仰、そしてそれが為す体制に疑心など無かった。

商会の娘らしく神学より算術を好んだアイナには、信仰への強い傾倒こそ無かったが、それでも彼女なりに信仰心を大切にしていた。

だが、ある時からそういった信条に陰りが生じている。

彼女は、信仰が揺らぐほどに絶望的な経験をし、その後、ある男に救われた。

その男は、彼女が見る限り、信じ難《がた》いほどに高貴だったのだ。

あの時見たものが高貴さであるなら、いま目の前に居る、高貴なはずのこの人たちは何者なのか。

アイナにはそれがよく分からなかった。

何せこの人たちは、〝彼〟とは全然違う。

その胸中に気づくでもなく、タリアンは一枚の紙を二人の前に差し出した。

「で、本題だがトーリ会長。これがローランド商会に負担願いたい分だ」

「拝見します」

手に取った紙に目を落とすトーリ。

タリアンの言う本題とは、戦費の負担だった。

第三騎士団の駐留費等をタリアン領が負担せねばならず、それは領内からの特別徴収となる。

それに占める、ローランド商会の負担分が、その紙に書かれているのだ。

トーリに否やは無く、大人しく負担するつもりでいた。

それを、領内で商売をする者の義務と心得ていたのだ。

だが、紙に書かれた額に目を通すと、トーリの顔色が変わった。

「し、子爵様。この額は多すぎるかと……」

「さもあらん。だが戦争なのだ。カネがかかる」

「ですが、これはあまりに……」

「トーリ殿！　領民たちの平穏より、自身の財を優先するおつもりか！　恥を知らぬのか！」

ソフィが怒鳴り声をあげる。

だが、そこに書かれている額は、まず現実的と言えるものではなかった。

この出費を受け入れたら、殆どの資本を失うことになる。

ローランド商会が、一介の小売商だった数十年前へ戻るに等しい。

事業を大幅に縮小し、大半の従業員を解雇しなければならないだろう。

取引先を含め、大勢の人生が壊れる。

タリアン領としても影響を受ける話で、およそ常識的な判断とは言えなかった。

「子爵様。これでは多くの者が路頭に迷ってしまいます」

「多くの者が戦火に焼かれるよりマシであろう」

「他の商会にも適切な負担を願えば、戦費は賄えるはずでございます。何でしたら、当方が試算しても――――」

「見苦しいぞトーリ殿！　貯《た》め込んだ富がそこまで大事か！」

ソフィが再び叫ぶが、彼女には分かっていない。

これは領の経済にも波及する、あり得ないプランである。

それだけに、トーリにはタリアンの考えが見えなかった。

さすがにこの額が無茶苦茶であることは分かっているはずなのだ。

「アイナ殿はどうお考えかな？」

タリアンはアイナに水を向ける。

彼女は数字に強く、出納長として商会の会計事務を任されていた。

そのためこの場に同席しているのだが、その彼女から見ても、タリアンが提示した額は現実離れしていた。

「……当商会だけでこの額を負担するのは不可能です。子爵様」

「戦を前に〝不可能〟とは。父が父なら娘も娘だな」

「よしなさいソフィ。まあ、今ここで決めるのも難しかろう。我らはこれで失礼するゆえ、また改めて答えを聞かせてくれ」

「領内でローランド商会を優遇してきたのは、こういう時のためだ。恩に報いる機会を逃すようでは、一流の商人とは言えんぞ、トーリ殿」

立ち上がりながらソフィはそう言うが、ローランド商会に優遇された事実は無い。

先代の領主と先代の商会長が若干懇意にしていたが、それだけだ。何ら遇されていたわけではないし、まして今代には何も無い。

しかし、そんなことを言えるはずも無かった。

「……は。熟考いたします」

代わりにトーリはそう答えた。

時間をもらったところで検討のしようが無い額だが、この場はそう答えるしか無かったのだ。

◆

二日後、トーリはタリアンの真意を知った。

アイナが子爵邸に招かれ、そのまま帰らないのだ。

招かれたと言っても、連行に近い。

アイナの乗る馬車が、子爵の手の者たちによって強引に子爵邸へ連れ込まれてしまった。

そして子爵から、トーリが予想したとおりのメッセージが届く。

以前の出来事による心痛を慮《おもんぱか》り、子爵邸にアイナと、その友人カロラを招いたが、彼女らはこのまま子爵家に留まりたいと申し出た。

無下にも出来ぬので、承諾するつもりだ、というものだった。

トーリは執務卓に肘をつき、両手で顔を覆って項垂《うなだ》れた。

領主たる者が、ここまでの挙に出るとは。

しかも、アイナと同行していたカロラまで拐《かどわ》かされてしまった。

彼女は亡き友の娘で、幼いころからのアイナの親友だ。

商会に勤め、アイナをよく助けてくれている。
トーリはカロラのことを、アイナの姉妹同然に想っていた。
タリアンは、そのことも知っているのだ。
トーリには、このあとの展開が手に取るように分かる。
戦費の負担額と、アイナたちの処遇に関する交渉が始まるのだ。
そして、負担可能な額による妥結と引き換えに、アイナたちの〝身売り〟が決まる。
二人は領内でよく知られた美女だ。タリアンはその二人を欲している。
これはタリアンが二人を手に入れるための茶番だったのだ。
顔を覆った両手が震える。
数か月前、アイナとカロラは拐《かどわ》かされ、あまりに惨《むご》い目にあったのだ。
タリアンもそれを知っている。
にもかかわらず、自身の欲望のため、なお二人を拐かす。
トーリには、人の所業に思えなかった。
そんな人物が領主であり、栄誉ある騎士団長だったという。
何なのだ。
何なのだこの国は。
悔しさに嗚咽が漏れる。
そこへ、執務室のドアがノックされた。

トーリは涙もそのままに、入室を許可した。

もはや体面を取りつくろう余裕など無いのだ。

「失礼します。トーリ会長」

入ってきたのは、若い女性の傭兵だ。

肩までかかる橙色《だいだいいろ》の髪と、猫を思わせるしなやかな細身が特徴的だった。

「聞きました。アイナとカロラのこと。かなり参っておられるご様子ですが、大丈夫ですか？」

「フリーダ。君を見て、僅かながら心が落ち着いたよ。あの時、アイナとカロラを救ってくれたのは君だからな。しかし今度ばかりは……」

「会長、父親たる貴方には及びもつきませんが、私も二人を案じています。手を打ちましょう」

「そうしたいところだが……これは打てる手が無い」

アイナとカロラは何も後宮に入れられるわけではない。あくまで貴族の妾《めかけ》だ。

だがそれでも、拒否出来る類の話ではない。

領主の権力は相当に強く、更に商会の存続を質草に取られてしまっているのだ。

トーリは、アイナとカロラを救うためなら、自身はどうなっても良いと思っている。

だが、商会を犠牲にするという選択肢は採りようがない。

重責を背負う身として、多くの者たちの人生を破壊することなど出来るはずもないのだ。

娘たちも、そうやって救われることを決して良しとはしない。

力なく、諦観に満ちた微笑を浮かべるトーリ。

その表情に、フリーダは心を痛める。

「トーリ会長。幾つか質問をさせてください。とても大事な質問です」

「……構わないよ。何だね？」

トーリは、力ない笑顔のまま答える。

今なら何にでも答える、とでも言いたげな弱い視線。

やや自暴自棄になっているようだった。

「会長。会長は……その」

「？」

そこまで言って、押し黙るフリーダ。

それから少しの沈黙を経て、唾を呑《の》み込み、質問を口にした。

「……会長は、現在のロンドシウス王国の支配体制についてどう思われますか？」

「…………」

またも沈黙が満ちる。

フリーダは、緊張から掌を汗で濡《ぬ》らしていた。

それからゆっくりと、トーリが口を開く。

「……この国の体制は腐り切っている。私はその事をとうに知っていたが、卑怯《ひきょう》にも知らないフリをしていたよ。これはそのツケかもしれん」

「そうですか……」

「何故そんな事を聞くんだ？　なかなかに危険な質問だが」

「私と同じ思いかを確認したかったのです」

「王国が嫌いかね？」

「はい。仕事で下らない権力者を大勢見てきましたが、あの事件で、より思いを強くしました」

　あの事件――アールベック子爵家での事件のあと、王国はアールベック家を取り潰した。

　そういう意味では自浄作用が働いたのだが、それはフリーダたちにとって慰めにならなかった。

　彼女たちが地下室で見たものは、まさに権力者の醜さを凝縮したものだったのだ。

　子爵親子を増長させたのが国と体制であることを、フリーダは分かっていた。

　だが、それでも国を想い、体制を尊重する気持ちは残っていたのだ。

　再び二人が拐かされるまでは。

「次の質問です。会長が傭兵ギルドに提供してくださった、魔族軍の情報。あそこに書かれた〝反逆者〟の情報は確かですか？」

「情報の精度は、最も気を遣っている部分だ。確かだよ」

「分かりました。次の質問です。会長は、魔族の手に落ちたアーベルの現状についてどう思われますか？」

「驚いている。善政が敷かれ、経済は健全だ。一つ目の回答にも繋がるが、この国の体制が様々なものを阻害していたことの証左だろうね」

　堂々と危険なことを言ってのけるトーリ。

元々胆力のある男ではあったが、やはり向こう見ずな気持ちになっているのだろう。

「次……あと二つです。会長は、そのアーベルの参事会にツテがありますか？」

「ああ、あの参事会には、現地の商会の者が多く含まれているからね。彼らとは昔から親交がある」

「……では、最後の質問です。トーリ会長、二人を助ける手があったとして、でもそれが貴方に常識外の何かを強いるものであったとしたら、どうしますか？」

「フリーダ。もし二人を助けられるなら、私はどうなっても構わない。悪魔にこの身を焼かれようと、神を敵に回そうと、私は……！」

ゆらりと立ち上がり、鬼気迫る表情を見せるトーリ。

その姿を前に、フリーダは大きく息を呑み込んだ。

そして、自分の決意を確かめるように一度頷く。

「会長。今から手紙を書きます。それを早馬でアーベルの参事会へ届けて欲しいのです」

フリーダは、助けを乞う声を聞いてくれるかもしれない、唯《ただ》一人の心当たりを思い浮かべていた。

そう言えば、文字こそ書けるが手紙など書くのは初めてだ。まして男に。

それを思い、妙な緊張を感じるフリーダだった。

◆

タリアン邸。

大理石の暖炉に金の燭台《しょくだい》、大鹿の剥製と、豪華な調度の広間にタリアンは若い女性の客人を迎えていた。

「よく来てくれたな」

「団長。いえ、タリアン子爵。お久しゅうございます」

第五騎士団の梟鶴《きょうかく》部隊から派遣されてきた騎士。

彼女は強力な回復魔法に加え、極めて効果の高い支援魔法も使いこなす術士である。

「それとソフィ様。初めてお目にかかります。シーラ・ラルセンでございます」

「ソフィ・タリアンです。お会い出来て嬉しい。父からよく貴方の話を聞いています」

「まあ怖い」

そう言って、ころころと笑うシーラ。

彼女はタリアンと旧知であり、また、敵に寝返ったロルフ・バックマンのことも詳しく知っている。

そのため、第五騎士団から助勢として遣わされたのだ。

「子爵様。第三騎士団の状況は？」

「昨日から領境の平原に陣を張っている。まだ魔族軍の姿は見えないが、ユーホルト団長に油断は無い」

「父上と旧知のエーリク・リンデル殿も張り切っていましたね」

「わざわざ第一から駆けつけてくれるとは、エーリクも義理堅い男だ。勿論《もちろん》シーラにも感謝しているぞ」

「ふふ。もったいないお言葉です」

リンデルはユーホルトの指揮下に入り、第三騎士団に同行しているが、シーラは後から戦場に入る予定だ。

彼女はあくまで、後方にあって知見を与える客員参謀の立場なのだ。

「私も出ますからね父上。私が着く前に第三騎士団が勝ち切ってしまわなければ良いのですが」

「それもあり得る。だが過信は禁物だぞ」

ソフィは、自らが戦場に出ることをタリアンに承諾させていた。

彼女は第二騎士団に在籍した際、魔族との戦を経験してはいるが、基本的に後方支援を任されていた。

実際に剣を取って魔族を斬り伏せた経験はまだ無い。

それだけに、今回の戦いが楽しみなのだ。

「むろん過信などしません。ただ剣の声に身を委ねるのみ。まあ、願わくばロルフ・バックマンに戦いの何たるかを教えてやりたいところですが」

「バックマンか。愚か者だと知ってはいたが、まさか王国を裏切るとはな」

「聞けば父上に迷惑をかけ続けた無能者。そして加護なしの大逆犯。もし会うことがあれば、この私が身のほどを分からせてやりましょう」

そう言って、剣呑《けんのん》な空気を漂わせるソフィ。

そこへシーラが、諫《いさ》めるように声をかける。

「あの者、剣はそこそこ使います。更に魔法を斬るという情報もお聞き及びのはず。油断なさいませぬよう」

参謀役としてロルフへの評価を口にするシーラ。

元々、彼の剣には見るべきものがあった。ただ魔力が無いため無意味だったのだ。

だが彼が魔法や障壁を斬れるようになったのなら、もう無意味ではない。

タリアンや、その薫陶《くんとう》を受けたソフィが後れを取るとは思わないが、気の緩みは禁物と考えるのだった。

「分かっております。油断などしません。しかし現実として、実力でぶつかり合えば負けようの無い相手。尻込みして調子づかせる必要もありますまい」

「確かにそのとおりです。しかしあの者には賢《さか》しさもあります。子爵様、エルベルデ河を憶えておられますか？」

「……ああ。多少なりとも戦場が見えているようではあったな」

タリアンにとって、エルベルデ河の記憶は苦々しいものだった。

行軍に関するロルフの差出口《さしでぐち》を受け入れるしかなかったことや、そのロルフが河川の堰《せ》き止《と》めを察知して敵陣に飛び込み、活躍と言えなくもない働きをしたことに、今なお腹立たしさを感じる。

タリアン自身はさして存在感を示せなかったこともあり、思い出すだに不快なのだ。

「問題ありません。賢しくとも、所詮は愚者の浅知恵。どれほど父上の世話になったかも分からず吠《ほ》え立《た》てるばかりの、汚い野犬です」

「うむ。そのとおりだ」

娘の頼もしい言葉に、深く頷くタリアン。

自分たちの強さと高貴さがあれば、あのような裏切り者も魔族軍も、恐れるに足りないと確信している。

「奴は、この私への嫉妬心を肚《はら》の中で渦巻かせるあまり、物事が見えなくなっているのだ。私との間に因縁を感じ、おそらくは私と剣を交えて決着をつけたいと考えているのだろう」

「父上と？　何と身のほど知らずな……」

呆れた顔で頭《かぶり》を振るソフィ。

タリアンも、処置なしと言いたげな表情で嘆息する。

「迷惑なことだ。奴のせいで、ずいぶんカネもかかってしまったしな。まあ、この戦で奴と魔族どもを片付ければ、心も落ち着くというものだろう」

タリアンは、ロルフ・バックマンに対する自身の対応の甘さを悔やんでいた。

もっと徹底的に排斥するべきだったのだ。

寛容にも騎士団に居させてやったというのに、その結果がこれである。

加護なしは、慈悲を与えられても、その有難味《ありがたみ》を解さないらしい。

「確かに戦費は嵩《かさ》んでしまいますね。子爵様と言えど、第三騎士団の駐留費などは大きいでしょう」

「とは言え、立て替えるだけだがな。あとで領内から徴収する。特にローランド商会が頑張ってくれよう」

「そう言えばこの地にはローランド商会があるんでしたね。でも商会の者は概してお金にシビアなもの。出してくれますか？」

「ああ、問題ない。出させる算段はついている」

タリアンは三日前、ローランド商会の会長、トーリに、巨費の捻出を申し渡している。王国最大の商会と言えども不可能な出費だ。

それを減らして本来の額とする代わりに、アイナとカロラをタリアン邸で引き取る腹積もりなのだ。

タリアンはこれを、いわば身請けだと考えていた。

金銭面での融通の代わりに、女性を迎え入れる。

対価を用いた正当な取引だと思っているのだ。

実際は権力によって女性を手篭めにしているかたちだが、自身はそう思っていない。

大逆犯と魔族どもを、このタリアン領で叩き潰す。

そのための戦費は領民に出させる。

戦利品代わりに、商会の美しい娘たちを手に入れる。

そうだ、とばかりにタリアンは手を叩いた。

この機にローランド商会への発言力も強めてしまおう。

アイナとカロラの処遇を手札にすれば、商会の幹部に子爵家の息がかかった者を送り込むことも可能なはずだ。

そうとも。欲しいものはすべて手に入れる。

このために騎士団長にまでなったのだ。

自分は栄誉ある第五騎士団の団長を務めた人間であり、しかも領主なのだ。

タリアンは、軟禁している二人の美しい女性を思い出す。

交渉材料に使うため、今は閉じ込めているだけだが、戦とカネの件が片付いたら遠慮する道理も無い。

二人とも前回の事件で傷ついているだろうし、温《ぬく》もりというものを教えてやるとしよう。

今はアイナもカロラも頑《かたく》なだが、加護なしと魔族どもを蹴散らし、その強さを見せてやれば態度も和《やわ》らぐというものだろう。

そう考えながら二人の肢体を思い出し、口角を上げるのだった。

◆

天蓋つきの豪華なベッドに、アイナとカロラは座っていた。

部屋の扉には外から鍵がかかっている。

馬車で移動中、タリアン子爵の部下たちに呼び止められ、アールベック家の事件について訊《き》きたいことがあるとの理由で、子爵の屋敷に連れてこられたのだ。

それは有無を言わせないもので、事実上の連行だった。

タリアン子爵は好色で知られており、何人もの妾を囲っている。

強引な手段で妾にされた者も少なくない。

境遇を儚《はかな》み、自ら命を絶った女性も居たと聞く。

「…………っ」

アイナは、ぶるりと体が震えるのを感じた。

それを見て、隣に座るカロラが声をかける。

「アイナ、大丈夫？」

「……ええ。怖いけど、でも大丈夫。ありがとう」

幼少期よりの親友、カロラは、アイナにとって姉妹のようなものだった。

実務能力に優れ、商会の仕事でもアイナを助けている。

アイナ同様、さして心が強いわけでもない普通の女性だが、このような状況でもアイナを気遣う。

カロラが一つ年上なので、自身の役割を姉のようなものと捉えているのかもしれなかった。

そのカロラから見て、今のアイナはよく耐えている。

以前、拐《かどわ》かされた時は、ただ泣くのみだった。

今は違う。

あのアールベック家の事件で、自分にも立ち向かうことが出来ると知ったのだ。

だから怖くても耐えている。

カロラも同じだから、その気持ちがよく理解出来るのだった。

「きっと大丈夫よアイナ。子爵は、私たちをトーリ様との交渉材料にしたいはず。すぐに怖いことをしたりはしないわ」

「そうね。……頑張る。頑張ろうね、カロラ」

抱き合い、涙に声を震わせながらも、気丈に心を保つ二人。

大丈夫だ。

あの時、教えてもらった。

人は恐怖と戦えるって。

だから大丈夫。

きっと大丈夫。

心を壊されはしない。

何も諦めはしない。

二人は、ひしと抱き合い続けた。

III

俺に届いた手紙は、忘れ得ぬ剣士、フリーダからのものだった。

大逆犯ロルフが彼女の知るロルフであることは、ローランド商会の調査結果から確信したそうだ。

彼女はローランド商会の会長、トーリと親交があり、驚いたことにアイナは彼の娘であるらしい。

手紙の内容は、俺に助けを求めるものだった。

そこには、タリアン子爵の所業、領民が過度の負担を強いられる現実、そしてアイナとカロラが囚われたことが書かれており、どうか助けて欲しいとあったのだ。

俺は、またもや彼女たちが権力者の悪意に晒されていることへ怒りを覚えつつ、即日、この手紙について軍の幹部会で報告し、意見を聞いた。

当然、殆どの者が罠《わな》の可能性を指摘した。

「あの時の会話の内容など、俺とフリーダにしか分からない符牒《ふちょう》が書かれている。本人の手紙と見て間違いない」

「その本人に悪意がある、あるいは脅しによって書かされている可能性は無いのですか？」

「前者は確実に否定出来る。共に戦った人だ。彼女をよく知っている。また後者であるなら、わざわざ俺と彼女にしか分からない符牒を入れはしないだろう」

「貴方を呼び寄せることが出来なければ人質を害するとでも言われ、やむなく符牒を入れている可能性もありそうですが」

「そうであるなら、状況を伝えるために何らかの意図をメッセージに含めると思う。そういう意志の強さがある人なんだ。だがここにはそれが無い」

考え込む幹部たち。

この手紙には、第三騎士団が待ち構える領境の平原を外れ、山間《やまあい》からタリアン領に入り、タリアン邸へ至るルートが書かれていた。

ごく少人数でしか行動出来ないルートだが、これが事実なら、敵の本丸を直接突けるということになる。

俺たちにとって極めて有益な情報だ。

「ロルフ。判断材料が、貴方しか知らないフリーダなる人の人格というだけでは、やっぱり弱いと思う」

リーゼが言う。

彼女の言うことはごく常識的で、正論だった。

だが続けてこうも言った。

「でも私は貴方を知ってるし、貴方の戦略センスも分かってる。感情で判断を誤る人ではないという事も。だから貴方が、その情報をもとにタリアン子爵を直接突けると考えたのなら、その考えを支持するわ」

リーゼがそう明言すると、他の幹部たちも頷いた。

有り難いことだ。

そのうちの一人が言う。

「ただ、どのみち平原での戦いは避けられません。子爵を討っても平原に第三騎士団が健在では、結局彼らは子爵邸に殺到し、領の中心地を確保します。そして王国は子爵の後釜を連れてくるでしょう」

「そうね。騎士団を排除して、あの地を制圧しなければならない。その点は変わらないわ。別動隊が子爵邸を突くのと同時に、軍は第三騎士団と戦う」

「子爵邸に行く別動隊の人選が問題ですね」

「一人は俺だ。将軍に任じられたばかりなのに軍から離れて申し訳ないが、現地でフリーダらと連携出来るのは俺だけだ」

「それに守りの固い子爵邸に押し入るんだし、強さから言ってもロルフでしょうね」

「随行者はどうします？」

「あまりぞろぞろ歩けない。俺を含め三人……いや、二人が限度だろう」

「私が付いて行きたいところだけど、さすがに無理ね。そうなると……」

◆

「ノロノロしてんじゃねーよ。さっさと来ぃ」

山道を先行しながら、シグが言う。

俺たちは旧ストレーム領からタリアン領へ入り、人気のない山間の道を進んでいた。

「シグ。急ぎたいところではあるが、ここは敵地なんだ。警戒が必要だぞ」

「警戒しながら急ぎゃいいだろ」

暴論のようであり、正論のようでもあることを言いながら歩くシグ。

「第一、周りに誰も居ねーじゃねえか。俺もこんな道、知らなかったぜ」

シグはこのタリアン領の出身だが、さすがに旧ストレーム領から山間を回って子爵邸に至るルートなど知らなかったようだ。

むしろこれを知っているフリーダが凄い。

ローランド商会から情報を得たのかもしれない。

王国最大の商会であるローランド商会は、情報収集とその扱いに長《た》けることで有名だ。

避難なり緊急輸送なりのために、領外へ繋がるルートを把握していてもおかしくない。

「これなら明後日《あさって》ごろには着けそうだ」

「おいロルフ。もう少しちゃんと歩け」

「ああ、さっきから気になっていたが、シグは山の歩き方を知っているようだな。真似《まね》ようとしているんだが、なかなか難しい」

勾配のある荒い道を、シグは実に巧みに進む。

倣おうとしているのだが、これが上手くいかない。

「山での振る舞いを、どうやって覚えたんだ？」

「ガキのころ、街を根城にしちゃいたが、官憲に追われて山ん中を逃げ回ったりしてたからな」

「そうか……」

俺とはまったく違う少年時代を持つ男。

何かに粛然とさせられ、俺は視線を落とす。

その首筋を、真上に輝く太陽が照りつけた。

「……だいぶ暑くなってきたな。いったん休憩した方が良いかもしれない」

「ロルフ。この先に水場があるぞ」

「どうして分かるんだ？」

「水の匂いがする」

「俺は感じないが……」

◆

それからしばらく歩いた先、確かに小川が流れていた。

透明な清流だ。

喉を潤し、革袋に飲み水を補給しておく。

「シグ、よく水場に気づいたな」

「まあな」

そう言いながら、シグはざぶざぶと水に入っていく。いつの間にか全裸になっていた。

「水浴びは体力を消耗しないか？」

「いや、ああいう道を歩いた後は水に入った方がいい。お前も浴びろ。あと服は陽《ひ》に当てとけ」

「ふむ？」

「目に見えねえ虫が居るんだよ」

シグが言うには、目で見ても分からないほど微小な虫が山には居るらしい。

俺たちが通ってきた道は秘匿されたルートであり、途中、草木の深い箇所や、細い獣道もあった。

そういう道を通る者に、微小な虫は悪さをするとのことだ。

「でけえ獣より、こまけえ虫が厄介な場合もあるからな」

「なるほど」

俺は思わず首肯する。

凡百の戦士なら、目に見えぬものを恐れようとはしないだろう。

だがシグは違う。警戒すべきを知っているのだ。

俺はこの男の言うことを信じ、服を脱いだ。そして清流に入っていく。

「ふぅ。けっこう良い心地だな」

「頭まで浸《つ》かれよ」

「分かった」

それから、しばらく無言で、川に身を委ねる。

さらさらと水の流れる音。

葉が一つ、水面《みなも》を滑り、俺の体に当たっていく。

そんな感触も心地良い。

少ししてから、シグが水から上がる。

そして体を拭くと、今度はごろりと岩の上に寝ころんだ。

全裸のシグを陽光が照らす。

「その日光浴にも意味があるのか？」

「あ？　日光浴は日光浴だ。気分がいいだろ」

今は軍事行動中で、ここは敵地だ。

だが彼は寝ころんで、山の陽光を全身に浴びて見せる。

あれだけの剣を振れるシグという男だ。

敵地を行くこの状況を、軽く見ているはずも無い。それは彼の発する気配からも分かる。

だが一方で、心に余裕を持つことの重要さも理解しているのだ。おそらく、理屈ではなく本能で。

倣うべきだ。

そう思った俺は、水から上がって体を拭くと、シグの横に寝ころがった。

「…………」

「…………」

太陽に身を晒す俺たち。

なるほど。これは……英気が養われる。

陽光が、体内で建設的な何かを作り上げているのが分かる。

そして、自然、俺の口角が上がった。

男が二人、敵地に全裸で寝そべっている状況が少し可笑《おか》しかったのだ。

「…………」

「…………」

それにしても隣に居るこの男。

不思議と言うか興味深いと言うか。

俺の今までの人生に、こういう種類の男は登場しなかった。

それを思い、ちらりと横に目をやる。

彼は瞼《まぶた》を閉じ、ただ陽光に身を委ねていた。

◆

その後、水場を出発した俺たちは、改めて山道を歩き出した。

さっきより体が軽い。

結果、予想より速く進むことが出来た。

「明日の日暮れ前には着けるかもしれないな」

子爵邸に侵入するのは夜間が望ましい。日暮れ前に着けるなら丁度良い。

今日はそろそろ野営して、朝は早めに出る。

そして明日の夕方ごろ子爵邸に着き、夜を待ちつつ体を休める。

そのうえで夜襲をかけるのだ。

「そんじゃ、このへんで野営だな」

シグが言う。同じように考えたようだ。

それから俺たちは、もう少し進み、適当な場所を見つけて座り込む。

ほどなく日が暮れ、山を闇が包んだ。

周囲に敵は居そうにないが、念のため火は熾《おこ》さないでおく。気温は高く、暖を取る必要も無い。

山の夜は真っ暗で、そして静かだった。

不意に、シグが言う。

「これが好きなんだ」

「うん？　これとは？」

「すげえ静かだろ」

「ああ……」

確かに、山の静寂には特筆すべきものがあるようだ。

このあたりは深い森林が音を吸収し、虫の音も無いため、本当の静けさに包まれている。

空気の流れる音すら木々の中に消え、完全な静寂だけが残るのだ。

普段の日々の中にある、物音が無いだけの静寂は、本当の静寂ではないと気づかされる。

「………………」

「………………」

その静寂の中、向かいに座るシグは、月明かりに蒼《あお》く照らされている。

この男が静けさを好むのは意外ではない。

激しい炎を思わせるような男だが、静けさを好むのはそれと矛盾しない。

「血が澄む」

短く言うシグ。

静謐《せいひつ》が全身の血液を綺麗《きれい》にする感覚のことを言っている。

「そうだな」

いま同じことを感じていた俺は、そう返して頷いた。

それから俺たちは干し肉をかじり、水を飲む。

何とも豊かな食事だと思うのだった。

「てめぇ、山の歩き方がだいぶマシになったぜ」

「シグを真似た」

最初は難儀したが、努めて倣おうとし続けた結果、それなりに技術が身に付いたと思う。

おかげで体力の消耗を抑えることが出来ている。

「こういう、山中の小さな道を行くような旅の経験は無いんだ。手本が居て助かる」

「俺を手本と言ってのけたのは、てめぇが初めてだ」

剣をはじめ、万事につけ我流を通す男だ。

人に倣われる経験はあまり無かったかもしれない。

だが、彼には見習うべき点が数多くある。

この旅の中、俺はそれを確信していた。

「きちんと山中訓練をしておくべきだった。以前から山駆けなどには興味があったんだが、機会が無くてな」

「じゃあ帰ったら改めてやれ」

「そうだな。シグも付き合え」

「ちっ。めんどくせえな」

盛大に舌打ちをするシグ。

本気で面倒くさがっているし、それをまったく隠そうとしない。

だが、彼は嫌とは言わなかった。

「やはり変わった男だな」

「何がだ。てめぇほどじゃねえだろうが」

それから俺たちは、少し話をした。

共通の話題と言えば、剣の話だった。

「ああ、水を斬るイメージだろ？　俺もよくやるぜ」

「当ててみよう。その水面《みなも》には月が映っているんだろう？　そしてその月が乱れないように水を斬る」

「うぜぇ。何で分かるんだよ」

シグの剣は、俺のそれとまったく違う。

だが、剣へ込める思いは似通っていた。

そしてそのことを、俺はまったく不思議に思わないのだった。

他には、旅のことなども話した。

シグはザハルト大隊に所属する前は各地を放浪していたようで、様々な地方のことを知っていた。

「てめぇも騎士団であちこち行ったんじゃねえのか」

「まあ遠征には出たが、戦地へ行くのみだったからな」

「騎士団に入る前は？」

「家に居たころは、そもそも領地を出ることがあまり無かった」

「はん。要するに世間知らずか」

「シグは、どんなところへ行ったんだ？」

「東も西も……あちこちだ」

「そうか……」

羨ましい。

そんな言葉が脳裏に浮かんだが、それを口に出すことは無かった。

その言葉が配慮を欠いたものだと分かっていたからだ。

この時代のこの国で、故郷を持たぬ男の往く旅路が、楽なものであったはずも無い。

食うには困らなかった俺だ。そんな俺が抱く彼への羨望など、まさに世間知らずの夢想に過ぎぬだろう。

彼の道程に敬意を抱くのは良いが、羨むのはお門違いというもの。

それを思い、俺はただ黙った。

「…………」

ふ。

耳に届いたのは、シグの浅い吐息。

黙る俺を見て、微笑んだようにも聞こえた。

何かが彼には伝わってしまったようだ。

「お……」

「む」

そこへ到来する気配が、思考を中断させた。

それは獣の気配だった。近くに何頭か来ている。

「こっちを窺《うかが》ってやがるな。五……六頭か」

「ああ、六頭だ」

「狼《おおかみ》だな」

狼と言えば、以前、夜の森でミアと居るところを襲われたことを思い出す。

あの時は、短剣を手に戦った。

今夜も獣と戦うことになるようだ。

「………………」

「………………」

だが、狼はなかなか襲ってこなかった。

慎重な獣だ。機を計っているのだろう。

「………………」

「………………」

「……来ねえな」

「……ああ」

狼たちは木々の向こうに距離を保ったままだった。

害意を持ってこちらを見据えていることは間違いないのだが、まだ襲ってこない。

そして数分が経《た》った。

「………………」

「………………」

「……行っちまった」

「行ってしまったな」

獣たちは立ち去った。

結局、何も起きなかった。

「シグの殺気がだだ洩《も》れだったからだ」

「あ!?　てめぇが威圧するからだろうが！」

「いや、シグの気配は獣と波長が合い過ぎる」

「わけ分かんねーこと言ってんじゃねーぞてめぇ！」

戦いを避けられたのは好ましいことなのに、何故か言い合いを始める俺たち。

さっき、山の静寂を尊ぶようなことを言っていたのは何だったのか。

「大体てめぇの図体《ずうたい》がでけぇから怖がられるんだよ！」

「お前も十分でかいじゃないか」

月明かりの下、益体《やくたい》も無いことを言い合う。

そんな中、夜は更けていった。

……そして就寝。

「見張り要らねえだろ？」

あまりに常識を無視したことを言うシグ。

だが、確かに要らない。

何らかの危険が近づいたら、俺たちは二人とも、まず気づいて目を覚ますからだ。

「……そうだな」

シグに引っ張られて常識を手放すことに若干の抵抗を感じつつも、俺は眠りに就くのだった。

◆

ロルフたちが向かっているタリアン邸。

広い屋敷のその一室に、彼女は囚われていた。

橙色《だいだいいろ》の髪を持つ女性が、後ろ手に縛られている。

フリーダだった。

「こんな時に賊とは。いや、こんな時だから狙ったのか？」

「女。何者だ？」

フリーダを捕らえ、そう詰問するのは衛兵ではなかった。

彼らは第三騎士団の者たちである。

タリアンは、自身の周囲に騎士たちを置かせたのだ。

屋敷の衛兵が相手なら、後《おく》れを取るフリーダではない。

だが、正規の王国騎士たちで固められた厳重な警備の前に、あえなく虜囚となったのだった。


「…………」

フリーダは騎士たちを睨みつける。

ロルフへ送った、助けを乞う手紙。

彼がそれに応じてくれることを信じているが、いつ来るかは分からない。

無為に待つわけにはいかなかったのだ。

とは言え、アイナとカロラを思うあまり、気が逸《はや》ったのかもしれない。

アールベック子爵邸での事件でも不覚を取りながら、またも囚われるとは。

自身の力の至らなさに、歯噛みするフリーダだった。

「女。目的を言え。すべて話した方が身のためだぞ」

騎士が迫る。

この戦争状態にある中での、本拠への侵入者である。

警戒せざるを得ない。

しかし一方で、タリアン領では貴族邸での盗難被害が珍しくない。昔から貧民による盗賊行為が多い地域なのだ。

そもそも目の前に居るのは人間の若い女であり、魔族軍の尖兵《せんぺい》とも思えない。

「……戦のドサクサに紛れてお宝をかっぱらおうと思ったのさ」

答えるフリーダ。

ロルフとの連携は元より、ローランド商会との関係も知られるわけにはいかない。

ただの賊で通すしか無かった。

「お前が何者であれ、迷惑な話だ」

蔑む声音は、冷たいながらも怒りを孕《はら》んでいる。

騎士たちは、王国を守るための戦いに、酔いにも似た使命感を持っていた。

それを盗賊風情に邪魔されるのは不快の極みなのだ。

そんな、すぐにも警備に戻りたい彼らの耳に、ノックの音が響く。

次いでドアを開け入ってきたのは、客員参謀としてこの戦いに参加している女性だった。

「これはシーラ殿」

「何故ここへ？」

「子爵様より言伝《ことづて》です。彼女には子爵様が直接話を訊くとのこと。警備に戻ってください」

「おお、そうですか。分かりました」

「わざわざ、ありがとうございます」

感謝を述べ、退室していく騎士たち。

残ったシーラは、フリーダへ目を向ける。

その瞳は美しかったが、しかしフリーダは言いようのない嫌悪感を抱いた。

「こんな時に忍び込んでくるとは、迷惑なことですね」

「…………」

「女性一人で、ここの護衛達を相手に渡り合ったそうじゃないですか。かなり剣に長けているご様子。本当にただの盗人《ぬすっと》なんですか？」

「……ああ、そうだよ」

シーラと呼ばれた目の前の女は、薄く微笑んでいる。

囚われの身で用心を強めたところで意味など無いと分かっていながらも、フリーダは警戒感を抱いた。

「その落ち着いた振る舞いも気になります。ただの盗人なら、もう少し顔色を変えて欲しいところです。やはり、何か特別な事情があるのでは？」

「…………」

「領主の屋敷へ押し入ったのです。普通なら無事では済みません。でも、すべて話せば、私が力になれるかもしれませんよ？」

シーラの声は柔らかく、表情は温かい。

その美しい容姿と所作には、多くの者が心を奪われる。

だが同じ女で、海千山千の傭兵であるフリーダは、そこにある陰に気づいている。

今、抗う術の無い虜囚に対し、目の前の女は嗜虐《しぎゃく》心を滾《たぎ》らせているのだ。

それが分かるフリーダは、吐き気を感じていた。

「……すべて話してるよ。ここなら金目のものがうなってると思って盗みに入った。それだけさ」

「うーん。やっぱり、妙に落ち着いてますねえ」

虜囚は取り乱しもせず、命乞いの言葉を口にすることも無かった。

それが気に入らないらしく、シーラは眉根を寄せる。

「誰かが助けに来るとでも？」

「…………」

「言っておきますが、女神様も匪賊《ひぞく》など助けてはくれませんよ」

「神の助けなんか求めちゃいないよ」

「そうですか。では誰が助けてくれるんですか？」

「…………」

「仲間が居るんですか？」

シーラは穏やかな声のまま詰問する。

助けてくれる仲間。

フリーダの頭に、黒髪の大男の姿が思い浮かぶ。

アールベック子爵邸の地下に囚われた時、助けなど望めないはずのそこへ現れた彼は、アイナ、カロラとフリーダを救ってくれた。

あれほど頼りになる男はそう居ない。

フリーダは、座して助けを待つことを恥と感じる人物だが、一方で、どうしても彼の到来を期待してしまう。

再会を願ってしまう。

「あら、待ち人はひょっとして男性ですか？」

「…………」

「ふふ。貴方ぐらい戦える人が頼るなら、よほど強い方なんでしょうね」

「……待ち人なんか居ないよ」

「ふふ。教えておいてあげます。お仲間の方がどれほど強かったところで、どうにもなりませんよ」

顎を上げ、更に口角を上げるシーラ。

神の傍《そば》に、即ち勝者の側に立つことを、彼女は心から好んでいた。

「ここには精鋭の騎士たちが詰めています。それに……」

シーラは、なお笑みを浮かべている。

そして、その笑顔のままに言った。

「私も、結構やれるんですよ」

自信に満ちた声。

誰が来たところで返り討ちにするのみ。シーラはそう言っている。

「へえ。強いんだ、あんた」

「先ほどの騎士の方たちの態度からもお分かりでしょう？」

それはフリーダにも判断がついていた。

出《い》で立《た》ちから、目の前の女が術士であることは明らかだ。

そして、さっきの騎士たちの態度から、かなり上位の実力者であることも見て取れた。

だが、それが分かっていながらも、フリーダは言い放つ。

「ふん。騎士たちはあんたに敬意を払ってるわけじゃないさ。そのアホみたいにデカい胸が好きなだけだよ」

「あら、言いますね」

フリーダにとって、目の前で笑う女は気に食わなかった。

このようなかたちでの邂逅でなくとも、まず好きになることはなかっただろう。

「…………ふん」

鼻を鳴らすフリーダ。

確かに、この笑う女には力があるようだ。

その自信も、ハッタリなどではなく本物だろう。

助けに来る仲間がどれほど強くても、どうにもならない。その言葉も本心に違いない。

だが、それでも。

それでも彼は敗れはしない。

フリーダはそれを信じることが出来た。

「……仮に、あんたの言うとおり、あたしに仲間が居たとして」

「はい」

「あんたなんかに、負けるとは思わないね」

「ふふ……。そうですか」

楽しそうに、ころころと笑うシーラ。

愚者の妄言が可笑しくて仕方ない。そんな表情だった。

「まあ、詳しい話は子爵様となさってください。それでは、私はこれで。お話し出来て楽しかったですよ」

にこやかに言って、去っていくシーラ。

部屋を出る時、一度振り返る。

勝ち誇った笑みでフリーダを見やり、そして退室していった。

彼女が出ていき施錠された扉を、しばし睨みつけるフリーダだった。

◆

「はん。本当に一度も敵に会わず、ここまで来れちまうとはな」

木々の向こうにタリアン邸を眺めながら、シグが言った。

たった二人での隠密《おんみつ》行動が奏功したらしく、俺たちは誰にも見つからず、ここまで来ていた。

「ここでもう少し待つぞシグ。夜になってから行動開始だ」

「あいよ」

俺たちは木々の中に潜みながら、座って待つ。

貴族の屋敷に忍び込むのは二度目だが、見る限り、前回のアールベック邸に比べてかなり大きい。

必然、衛兵も多いだろう。

あの時より難しい仕事になる。

だが今夜は、潜入にはおあつらえ向きの新月だ。

それに前回とは違い、俺には煤の剣がある。

そしてこの男も。

「楽しみだねえ。あん中にはウジャウジャ居るんだろ、敵がよ」

「お前の嫌いなタイプの貴族も居るぞ」

にやりと笑うシグ。

ここまで四日ほどの行程だったが、この男との二人旅はなかなか楽しかった。

「嫌いどころじゃねえさ。俺はこの地で育ったが、まあロクな目に遭わなかったぜ。そん時は先代のタリアン子爵の治世だったけどな」

シグは静かに語った。

彼は幼いころ、何ら保護を与えられない路上の孤児として、この地に生きていたのだ。

「その息子だから恨むって道理は無《ね》ぇが、ただ今代のアレも相当だからな。会えば容赦はしねえ」

シグはそう言って、獰猛《どうもう》な笑顔を見せた。

今のタリアン子爵、バート・タリアンは、第五騎士団の前団長だ。

それだけに名望はあり、中央との関係も良いようだが、領民からの評判は良いとは言えないらしい。

「ここまでは敵に見つからずに来ることが出来たが、館に居ると思われる敵の数から言って、最後まで隠密行動を通すのは無理だろうな」

「押し通りゃ良いんだよ。お貴族サマの衛兵どもなんざ、物の数に入んねえだろ」

「厄介な敵がいる可能性もある。油断はするなよ」

「分かってるよ」

一応、注意を喚起したが、そこは問題ないだろう。

シグは強気の発言が多いし、実際に強気だが、かと言って戦いを侮ったりはしない。

この旅の中で改めて分かったが、むしろ野生の獣のように、常に神経を尖《とが》らせているのだ。

「……シグ、国を捨てたことに後悔は無いか？」

夜を間近に控えた薄闇の中、シグに問う。

どうも闇というものは人に真剣な思考をさせるものらしく、俺は声を落とし、真面目な問いを投げかけていた。

「無《ね》ぇな。ま、元々王国への忠誠も無ぇしな」

元々、食うや食わずの路上孤児《ストリートチルドレン》だった男だ。

国への帰属意識を持てるような環境ではなかったのだろう。

そして彼は、王国と教会が作った価値観を拒絶するままに国を出たのだ。

「だとしても、どうして付いてきてくれたんだ？」

この作戦への同行ではなく、そもそも俺と共に魔族側へ合流した点について、俺は訊いていた。

言葉の足りない質問だったが、シグは理解して返答する。

「お前に付いてきゃ、マシになるんだろ。世の中がよ」

アルノーは、何の咎《とが》も無く突然殺されかけた。

あの収容所では、戦う力など無い者たちが無体に晒されていた。

俺と共にあることが、そんな理不尽に立ち向かうことになるとシグは理解しているのだ。

確かに俺は、それを考えている。

何者かが作った歪んだ価値観と、それを植えつけるシステムの破壊。

そして弱き人たちが奪われ続ける日々の終焉《しゅうえん》。

そのためにロンドシウス王国を倒すのだ。

王家の打倒。貴族制に代表される、現支配体制の打破。

それが目標だ。

だが、その類の話をシグにしたことは無い。

そもそもシグは政治の話など聞きたがらない。

にもかかわらず、彼は俺を信じているのだ。

「俺と居れば何かが変えられると、どうして思うんだ？」

「あ？　そんなもん剣見りゃ分かんだろうが」

面倒くさそうに答えるシグ。

分かり切ったことを訊くなと言わんばかりの表情だ。

「そうか……」

「質問が多いぞお前」

「知りたいんでな、色々。なにせ俺は同性で同年代の友人を持つのは初めてだ」

「何だよそれ。気持ちワリーな」

イヤそうに顔をしかめるシグ。

つれないものだ。

実際、バックマン領に居たころ、同年代の知人たちはもちろん居たが、俺はやや距離を置かれていた。

次期領主とされていたし、神童などと過分な評価を与えられていたこともあって、気の置けない友人を作るのは難しい環境だったのだ。

いや、環境のせいばかりにも出来ないか。

「教えてやるよロルフ。ダチが出来なかったのは言葉が足んねえからだ」

「む……」

「たぶん、腹ん中では雄弁なんだろ？　そんでテメーの中で完結しちまってんだ」

「……その自覚は無くも無い」

痛いところを遠慮なく突いてくる。

まあ、これを言ってくれるのが友というものなのだろう。

友と言えば、あの女性たちも友人だ。

それを思い、俺は館に目を向けた。

そして、囚われているアイナとカロラを案じる。

手紙には、商会とは無関係な賊を装い、フリーダも侵入を試みるとあった。

出来れば外で合流したかったが、いつ来るか分からない、来るかも分からない俺をただ待つわけにはいかなかったのだ。

彼女も無事でいてくれると良いが。

それから俺たちは装備をチェックし、革袋から水を飲み、戦いに備えた。

そして数時間が過ぎ、日が落ちる。

訪れた夜の中、俺とシグは頷き合うのだった。

◆

館の裏手。

巡回する衛兵の姿が途切れるタイミングを狙い、俺は壁に取りついた。

そして壁に背を向けて立つ。そこへシグが走り込んだ。

俺は両手を重ねて出し、シグの足場を作る。

シグは俺の手に足をかけ、大きく跳躍した。

そして壁の上に昇ると、手を出して俺を引き上げる。

首尾よく壁の内側に入り込んだ俺たち。

なかなかに鮮やかな手並みと言えた。

「俺は貴族の館に忍び込むのは二度目だが、シグも初めてじゃなさそうだな」

「数え切れねえよそんなもん」

俺たちは身を低くし、植え込みの中を移動する。

貴族趣味で知られるタリアンらしく、色とりどりの花をつけた背の高い植栽が、庭中に広がっていた。

隠れやすく、侵入者にとって都合の良い館と言える。

「バラかこれ。お貴族サマは何でバラが好きなんだ？」

「さあ。知らん」

「元お貴族サマだろ？」

「俺は別に好きじゃないからな……」

嫌いとは言わないが、バラは華美に過ぎる印象だ。

好きな花はと考え、俺の頭に浮かんだのは鈴蘭《すずらん》だった。

花にはまるで興味の無さそうなシグを見ると、顎先に小さく血が浮いている。

さっきのバラの棘《とげ》で引っかいたようだ。

「そう言えば頬の傷、悪かったな」

シグの頬には大きな傷跡がある。

アーベルの戦いで俺がつけた傷だ。

「悪いと思ってねえだろ」

「まあ、似合ってるしな」

「傷が似合うって何だよ」

「そのつもりで治さなかったんじゃないのか？」

「ちげえよ！　てめぇにやられたのを忘れねえ為《ため》だよ！」

敵に見つからないようにという分別はあるらしい。

シグは、声を潜めながら語気を荒らげた。

「……書物で読んだが、顔の傷は女性にもてるらしい」

「書物って何だよ。実体験で話せ。女知ってんのかよお前」

「…………」

そんなことを話しながら、植え込みの中を進んでいく。

やがて俺たちは邸内への進入路を見つけた。

裏口の脇に、衛兵が二人。

いま囲ってる女どもは良い体つきだ、俺たちもおこぼれに与《あずか》りたい、などと下卑た会話に花を咲かせている。

俺とシグは頷き合うと、同時に植え込みから飛び出た。

「!?」

声をあげることも無く、喉を斬られる二人。

そのまま二人の体を植え込みに押し込む。

「よし、行くぞシグ」

俺たちは館に踏み入った。

ここから先は隠密行動とはいかないだろう。

斬り伏せながら押し通るしかない。

決心を新たにし、美しい甕《かめ》が飾られた廊下を進む。

そのままだだっ広い邸内をしばらく行くと、大きなホールに出た。

シャンデリアがぶら下がり、大きく湾曲した階段が左右にある、豪華なホールだ。

そこへ、がしゃがしゃと鎧の音が聞こえる。

「一階ホール！　侵入者だ！」

集まってくる衛兵たち。

いや、衛兵ではない。

「おいロルフ。こいつら外の連中と装備が違うぞ」

「タリアンは第三騎士団の者を身辺に残したようだな」

「小心だねえ」

シグは剣を担ぎ、その刃で自身の肩をとんとんと叩いた。

楽しそうに笑っている。

「貴様ら、何者だ！」

「だから侵入者だよ。いや、カチコミだな」

そう言って剣を構えるシグ。

その横で、俺も剣を握りしめた。

数えたところ、敵は十六人。

一声でこれだけ集まってきたのだ。

しかも、精鋭たる第三騎士団の者たちである。

タフな状況と言えるだろう。

だが、焦りも気負いも無い。

俺の横には、頼れる仲間が居るのだ。

◆

騎士たちはゆっくりと近づいてくる。

俺は相対《あいたい》する彼らに、敵ながら感心した。

やはり領軍とは動きが違う。

統率がとれているのだ。

横に居る仲間を意識しながら、距離とタイミングを測りつつ展開している。

勝手に動いている敵は一人も居ない。

皆、落ち着いて、連携を維持しつつ戦おうとしている。

だが、些《いささ》か教練書に従順すぎるようにも見える。

護衛隊として領主の傍に残った者たちだ。団の中でも、より〝上品〟な者が選ばれたのだろう。

であれば、こちらにとって相性の良い相手と言える。

「おぅらぁ!!」

シグが突っ込んでいく。

騎士たちの頭には、こう来たらこう動くというセオリーが幾つも組み上がっていた。

その選択肢の多さ、そして選択の正確さと速さが、彼らの強さを支えているのだ。

だがシグは、いずれの定石にも当《あ》て嵌《は》まってやろうとはしない。

想像の枠外から剣を振り入れていった。

「うぉっ!?」

人のそれとは違う、まるで獣のような呼吸とタイミングで飛び込んでくるシグに、騎士たちは虚を突かれて後退する。

だがスピードもパワーも、シグのそれは騎士たちの想像を上回っていた。

明らかに騎士たちの対応が遅れる。
ざくりという音と共に鮮血が飛んだ。
一人が、鎧の隙間にシグの剣を受けたのだ。
胸を深く裂かれ、仰向けに倒れゆく。
目線と動きから言って、その騎士が敵の連携の要だった。
連携を仲立ちし、全体をコントロールする役目だったのだ。
その男をシグは最初に倒した。
何故かと問われれば「勘」と答えるだろう。
がきり。
次の瞬間、シグの背後で金属音が響く。
彼へ向けて振り下ろされた剣を、俺が弾《はじ》き返《かえ》した音だ。
そして返す刀で、俺はその騎士を斬り伏せた。
「ぐぁっ！」
騎士が倒れると、シグは俺を睨むように見ながら、犬歯を見せて笑った。
分かりづらいが「別にカバーは要らなかったが褒めてやる」といったところか。
「空間を広く使え！　囲んで追い込むぞ！」
騎士が叫ぶ。
彼らは、すかさず陣形を変えて対応してきた。

敵もさるもの、切り替えが早い。

そこへ、ずかずかとシグが踏み込んでいく。

まるで馴染《なじ》みの酒場へでも入っていくかのように、無遠慮に間合いを踏み散らしている。

アーベルでは、俺もあれに苦戦したものだ。

そのまま身構える敵へ近づき、その横をずいと通り過ぎる。

そして後ろに居た別の敵へ剣を振り下ろした。

「がっ……!?」

剣を受けた男は、頭骨を割られて崩れ落ちた。

そちらの男に隙があったがゆえの行動だが、それにしてもセオリーを完全に無視している。

深く踏み込んだ結果、他の敵にも近づき過ぎてしまったシグに、左右から騎士たちが斬りかかっていった。

その二人が、同時に斬られて倒れる。

俺が左、シグが右を倒したのだった。

「貴様らぁあっ！」

次の瞬間、声を上げながら残りの敵が殺到してくる。

先頭の敵の剣を、俺の剣が受け止めた。

同時に、その敵へシグの剣が振り下ろされる。

「ぎゃぁっ！」

悲鳴をあげながら倒れる敵の後方、剣を振り上げる敵へ、俺が突きを繰り出す。

シグは振り返り、俺の背後に迫っていた敵へ、恐るべき剣速で上段を振り入れる。

「ごっ!?」

「ぐあっ！」

会敵から大して時間が経っていないが、敵は半数に減っていた。

だが騎士たちは、なおも斬りかかってくる。

領主の喉元に刃が近づいているこの状況で、退くことは出来ないのだ。

そして襲いくる幾つもの剣を、俺とシグは迎え撃っていく。

シグがプレッシャーをかけ、俺が斬り込む。

俺がいなし、シグが仕留める。

精鋭の第三騎士団に、まったく怖さを感じなかった。

「あーっはっはっは!!　こいつは良い！　思ったとおりだ！　てめぇ、俺と合うじゃねえか!!」

舞台の悪役のような哄笑《こうしょう》を響かせるシグ。

まあ、俺も同じことを思っていたところではある。

◆

敵はすべて倒れ伏している。

ホールが十六人の騎士たちの血で赤く染まっていた。

元々、調度が高価なばかりで趣味が良いとは言えないホールではあったが。

「言っとくが、俺は九人倒したぜ。そんでお前が七人」

「俺のアシストがあってこその九人だろう」

「てめぇの七人も俺がアシストしてんだよ！」

そう叫ぶシグ。

実際、この男の強さには驚かされた。

アーベルで俺と戦った時より明らかに強い。

実戦からこそ多くを吸収するという者は少なくないが、シグはその最たる者に見える。

この男は、戦えば戦うほど強くなるのだ。

それも尋常ではないスピードで。

だが戦いから何かを得ているのは俺も同じだった。

日々、自分が強くなっていくのを感じている。

ヘンセンで戦った時よりも、アーベルで戦った時よりも、俺は強くなっている。

そのアーベルでも、たとえばシグとウルリクの二人組を相手に戦うこと無く、最初からエストバリ姉弟と対峙していたら、俺は負けていたと思う。

日々の修練に加え、戦いの経験が俺を強くするのだ。

このタリアン領での戦いが終わった時、俺はより強くなれているだろうか。

いや、ならなければいけない。

王国を倒せる強さに至れるよう、己を高め続けなければいけないのだ。

「ロルフ、俺にプランがある」

そんなことを考えている俺に、シグが言い出す。

彼の意識は既に次の敵へと向いていた。

「ああ、二手に分かれよう」

「ここは二手に分かれ……くっそ、こいつ」

俺たちが暴れ始めた以上、外の衛兵も集まってくる。

侵入者のことは、タリアンにも伝わるだろう。

目的の達成を急ぎたいところだ。効率重視でいった方が良い。

俺たちは二階に上がり、頷き合うと二手に分かれた。

そして敵の懐へ、より深く踏み入っていくのだった。

◆

「敵襲……？」

常に穏やかなシーラの声音にも、若干の緊張が混ざる。

領境の平原で、第三騎士団と魔族軍は明朝にも衝突する予想だった。

それを受け、客員参謀として戦場へ向かおうとしていたところ、このタリアン邸が襲撃を受けたのだ。

ここは、タリアン邸の二階、子爵の執務室である。

目の前では、タリアン子爵とソフィが、衛兵から報告を受けていた。

「馬鹿が！　あの賊に続き、またも館への侵入を許したというのか！」

「はっ！　申し訳ありません！」

衛兵は顔を冷や汗にまみれさせ、縮こまって謝罪している。

彼も、まさかこの館が戦場になるとは思っていなかったのだ。

「第三騎士団から出させた護衛隊は何をしている！」

「一階を担当する部隊が、先ほどホールで交戦していたようです。で、ですが詳しい状況は不明で……」

「く……役立たずめ！」

激昂《げきこう》するタリアン。

そうでなくても、この日はすこぶる機嫌が悪かった。

どうしてか、口元に怪我《けが》をしている。

そんな彼に代わり、シーラが衛兵へ訊《たず》ねた。

「敵の数は分かっているのですか？」

「二人です。うち一人は黒髪黒目の大男で、黒い剣を持っているとのこと」

それを聞き、一同が驚きに目を見張る。

そしてソフィが問いかけた。

「ロルフ・バックマンの情報と一致します。本人でしょうか」

「その可能性は高いかもしれませんね。彼は、こういう事をやりかねませんから」

シーラが答えた。

〝こういう事〟とは、少人数で敵の館に突入するという行動を指している。

「拍子抜けです。どんな謀《はかりごと》を見せてくるかと思ったら、自ら直接飛び込んでくるとは。愚行もここに極まる」

ソフィは、そう見解を述べた。

タリアンも頷く。

「余程この私と決着をつけたがっていると見える。小蝿《こばえ》が勇ましいことだ。まあ、ここまで来ることが出来るとも思えんが、もし来たなら望みどおり遊んでやろう」

侵入者が加護なしの無能者と分かり、途端に余裕を見せるタリアン。

ソフィも、大逆犯を自ら倒す機会が嬉しいらしく、目に野心の光を浮かべている。

「子爵様。私の支援魔法が役に立ちましょう。この階に居る第三騎士団の方たちと連携させてください」

「分かった。行ってくれシーラ」

子爵の許可を得て、シーラは執務室を後にする。

そして再会への思いに、口元を三日月に歪めるのだった。

◆

三年前。

第五騎士団本部。

騎士たちが去った訓練場に、倒れ伏す男の姿があった。

加護なしと呼ばれる一人の従卒。ロルフ・バックマンである。

魔力の無い彼は、訓練において、ただ打ちのめされるだけであった。

「ぐ……」

地に拳をつき、立ち上がる。

そして剣を手に取った。

これからなお、稽古の素振りをしようというのだ。

「従卒さん」

そこへ声をかけ、近寄る者が居た。

梟鶴《きょうかく》部隊のシーラであった。

「今日もずいぶん、やられたみたいですね」

「ええ、まあ」

彼女が訓練場へ来て、ロルフへ声をかけるなど、滅多に無いことだった。

その意図を図りかねているロルフへ、シーラは更に珍しいことを言う。

「回復、してあげましょうか？」

幹部たる実力者のシーラである。その回復魔法は、超一級の代物であった。

彼女自身の名望もあり、シーラから受ける回復魔法は、騎士たちにとって羨望の対象ですらあったのだ。

シーラに回復してもらった騎士は、それをよく周囲に自慢していたものである。

だが、彼女が加護なしであるロルフに回復魔法を施すことは、まず無かった。

作戦中にエミリーから指示があった場合は別として、それ以外でロルフを回復させたことは無い。

背信の徒がいくら傷つこうと、誰にとっても顧みられるようなことではなく、それはシーラにとっても当然同じであった。

そんなシーラが、ロルフを回復してやろうと言っている。

あまりに珍しい事態であった。

「シーラ様。なぜ俺に？」

「え？　特に理由はありませんよ」

実際のところ、それが本心であった。

理由など無く、ただの気まぐれ。

たまには尊い施しを与えてやろうという思いつき。

哀れな男に、その日は何となく慈悲を与えたくなっただけなのだ。

「ありがとうございます、シーラ様。ですが遠慮します」

だから、ロルフの謝絶は彼女にとって不快だった。

まさか断られるとは、想像すらしていなかったのだ。

若干の沈黙を挟み、シーラは言った。

「……意地を張るものじゃありませんよ。傷だらけじゃありませんか」

「作戦行動中の回復は有り難く思っていますが、訓練での傷は毎日のことですので」

正《ただ》しく訓練に励むなら、当然、怪我の無い体であった方が良い。回復は必要である。

だがロルフにとって傷を負うのはいつものことで、今日だけ傷を治したところで、さして意味は無い。

それに、痛みに耐えて訓練する術を、彼は既に身に着けている。

だから回復魔法が無くても困りはしないのだ。

「だとしても、回復した方が良いのは間違いないでしょう。拗《す》ねたところで、自身の無力は変わらないのですよ」

「拗ねる……。なるほど、言い得て妙ですが、俺にとっては大事なことなのです」

「従卒さん。富める者への敵愾心《てきがいしん》は無意味です。善意への反抗は幼稚なだけだと知りなさい」

シーラは、力の有無を貧富に例えてそう言った。

ロルフの手向かいは、ただ彼女を苛《いら》つかせるのみである。

「シーラ様。富める者からの施しは、たとえそれが善意によるものであっても、貧しき者の矜持《きょうじ》を傷つけることがあります」

力が無くとも、無いなりに抗い、自身の戦いを全うしようとする者があったなら、そこへ差し伸べる手は、必ずしも親切にはならない。

分からない者には決して分からない話だが、ロルフにとっては大切なことだった。

「矜持……。貴方に矜持が？」

「はい。あります」

シーラにしてみれば、矜持を傷つけられたのは自身の方だった。

彼女の回復魔法は、騎士たちにとって栄誉なのだ。

誰もが欲しがり、有り難がるその施し。

誰もが喜んで受け入れるべき救済。

彼はそれを拒否している。

まして本来、慈悲を与えられるべきではない加護なしであるにもかかわらず。

どれほどシーラに感謝しても足りないはずであるにもかかわらず。

それを思い、彼女は視線に怒りを込める。

「従卒さん。自らの滑稽さがどうして分からないのですか？　女神に棄《す》てられた貴方の、何ら価値を持たないその意地のようなものが、いったい何になると言うのです？　貴方は、ただ伏して恵みに感謝すべきでしょう？」

シーラの苛立《いらだ》ちはロルフにも伝わっている。
そして実際のところ、黙って〝善意〟を受けた方が、面倒が無いのは確かだ。
ロルフが追従者《ついしょうもの》であれば、そうしただろう。
だが、彼はそれをしないし、出来ない。
力ある者に傷を負わされ、力ある者に傷を治され。
そんなことを受け入れていては、きっと自分の思いは結実しない。
そう信じているのだ。
この傷を抱えたまま剣を振ってこそ、どこかへ辿り着ける。
それをこそ信じているのだ。
「シーラ様。誰にも譲れぬ思いがあることを、どうかご理解ください」
「…………」

そんな騎士団での一幕。
タリアン邸の廊下を行きながら、私は不意にそれを思い出していました。
今にしてみれば、あの男は何かにつけてそんな調子だったように思います。
あの男の行動という行動が不快でした。
彼はどうやら、いずれ自身の思いが意味を持つと勘違いをしていたのです。

ああやって道を行き続ければ、きっと何者かになれると。

それは、一見すれば信念ある行動ではあったかもしれません。

ですが女神様に棄てられている以上、彼のその信念には、まったく意味が無いのです。

下手をすればあの男は、いずれ私や他の皆にも勝てると信じていたかもしれません。

あり得ない思い上がり。

見苦しきを極めた増上慢です。

「愚かで、そして哀れな……」

そう。

不快な愚者とは言え、哀れです。

私には、弱者を導けなかったことに対して自省もありました。

彼に、身のほどを気づかせてあげる方法は無かったのかと。

それを思わずにはいられません。

「……従卒さん。貴方の勘違いを肥大化させてしまった責任の一端が、私たちにもありましょう。

せめて私の手で始末をつけてあげますからね」

戦いを前に、どういうわけか、愉悦にも似た感情が私の胸に湧き上がっていました。

◆

「バカみてえに広いな」

シグは廊下を走りながら、そう独《ひと》り言《ご》ちた。

子供のころ、貴族の屋敷には何度も盗みに入った。

泥をすすって生きる浮浪児にとって、蜂蜜漬けの果物を毎日食べているような貴族たちは、怒りを向ける相手でしかなかった。

食べ物を盗みに入るなら市場のほうが楽だが、あえて貴族から盗むのは、その怒りゆえだったのだ。

そしてこの館は、過去、盗みに入ったどの屋敷よりも広い。

何せ領主の館だ。シグが憎む、この地の金満貴族たちの首魁《しゅかい》である。

子供のころから繰り返してきた、奪い返すための戦い。

この館はその本命とも言えるのだ。

そんな思いが通じたのだろうか。

邪魔な護衛隊を斬り倒した先、ひときわ豪華な扉の向こうに、その男を見つけた。

帯剣しているが、出で立ちから明らかに貴族と分かる。

「ふん、俺がアタリ引いたか」

そう言って、美しく毛色の長い絨毯《じゅうたん》へ踏み入っていくシグ。

男の隣に居た若い女が誰何《すいか》する。

「貴様が侵入者か。ロルフ・バックマンでは無いようだが、何者だ。名乗れ」

「どうしてみんな名前を知りたがるのかねえ……良いけど。俺ぁシグだ。ロルフの、まあ……ダチだ」

それを聞き、ゆっくりと、芝居がかった動作で女は剣を抜いた。

そして剣先をシグに向け、朗々と告げる。

「私はタリアン子爵家が長女、ソフィ・タリアン。不埒《ふらち》な逆賊を、今ここで誅《ちゅう》してくれよう！」

「あ？　一人で戦うつもりか？　そっちに居るのが子爵だと思うが、騎士団長だったんだろ？」

「私が出るまでもない。娘ソフィはこの私が育てた傑物。貴様など敵ではない」

「そういうことだ。まあ、冥土の土産に剣というものを教えてやろう」

シグは訝しんだ。

冗談なのか、それとも何かの策なのか。

目の前の女は見るからに隙だらけで、とても強者に見えない。

もっとも、罠なら罠で食い破るだけのことだが。

「ふ……言葉も無いか？　では行くぞ！」

ソフィが踏み込み、上段を振り入れてくる。

そして事も無げに、がきんと響く金属音。

シグが弾き返したのだ。

剣はソフィの手を離れ、後方に飛んでいく。

一瞬、何が起きたのか分からない顔をするソフィ。

それから慌てて跳び退《すさ》り、剣を拾い上げる。

「……い、一度のまぐれで調子に乗るなよ？　もう容赦はしない！」

「容赦しねえのは俺も同じだぜ。雑魚でも、剣を持って戦場に立ってる以上はな」

「貴様！　いま何と言った!!」

「ソフィ、やはり加勢しよう。女神と王国の名のもと、確実に神敵を排除せねばなるまい」

そう言って、剣を抜きながら近づいてくるタリアン。

口調に自信を漲《みなぎ》らせているが、この男もやはり隙だらけだった。

シグは概《おおむ》ね理解した。

この親子は自身の実力を解さない愚か者だが、取り立てて珍しい存在ではない。

慮られ、礼遇され、称揚され、道を譲られ続ける中、限りなく自己を肥大化させてしまったのだ。

特権という刃に周囲がひれ伏す世界を生き続けた結果、自身には力と価値がある、自身は尊い存在だと思い違いをしてしまったのである。

タリアンが騎士団長まで昇ったのも、運と時流と家格があってのことなのだろう。

そして軍拡前の温《ぬる》い環境で、虚《むな》しい覇を唱えていたのだ。

「哀れっちゃ哀れだが、やっぱりムカつくってもんだ」

敵と見ればただ斬り伏せるシグにしてみれば、珍しい行動だった。

よほど腹を立てたのだろう。タリアンの腹に前蹴りを見舞わせたのだ。

「ごべ!?」

剣を振る間もなく蹴飛ばされ、派手に転がるタリアン。

ソフィは、その光景に理解が追いつかない。絶対的な英雄たる父が床を転がるわけがないのだ。

そのソフィを、同じくシグが足蹴にする。

「ぐぁっ!?」

ごろごろと転がるソフィ。

その横で、立ち上がったタリアンが剣を振り上げる。

「貴様ぁーーー!!」

シグは、振り下ろされてくる剣を半身になって躱《かわ》し、片手でタリアンの腕を摑んだ。

そして思い切り捻《ひね》り上げる。

「ひ、ぐぁぁーーー!!」

剣を取り落とし、膝をつくタリアン。

目に涙を浮かべている。

「でぁぁーーー!!」

ソフィが立ち上がり、斬りかかってきた。

シグはタリアンを放し、ソフィの剣を横合いから弾く。

そしてみぞおちに拳をねじ込んだ。

「おぶ!?」

父と同じく、涙を浮かべながら両膝をつくソフィ。

　二人とも、蹲《うずくま》って唸り声をあげている。

　やがて唸り声は静かな怒声へと変わっていった。

「貴様ごとき……どこの馬の骨とも分からぬ木っ端が……領主たるこの私を！　下賤《げせん》の者は恥を知らぬから度し難い！」

「おのれ……!!　我らに対してこのような……！　許されると思っているのか!!」

　ふらふらと立ち上がったのはソフィだった。

　顔を憤怒《ふんぬ》に歪めている。

「下衆《げす》め……！　ロルフ・バックマンの仲間だけある！」

「あん？　ロルフの仲間だから何だってんだ」

「奴は何ら他を益するところの無い無能者！　戦う術も持てず、逃げた先で怨嗟を募らせるだけの卑劣漢！　まさに最悪の愚物よ！　その仲間たる貴様も、礼を知らぬ屑《くず》ということだ!!」

「……あ？」

　シグのこめかみに、びきりと力が入る。

　ソフィの台詞《せりふ》は腹に据えかねるものであった。

　礼を知らぬ屑などと言われたところで、彼にとっては取るに足りないことだ。

　実際、礼など知らぬし、わざわざ怒るようなことではない。

　だが、ソフィの台詞は聞き捨てならなかった。

　どうしてか怒りが湧き上がる。とにかく腹が立つのだ。

「卑賤《ひせん》の剣では害せぬ尊びを知るが良い！　私は貴様を誅したあと、奴の首を獲《と》る！」

「……あのよ、俺は二人がかりでもロルフに負けたんだぜ。その俺に二人がかりで歯が立たないお前らが、どうやってあいつを倒すんだよ」

「黙れ！　黙れぇ!!」

地団駄を踏むように怒り狂うソフィ。

タリアンは、ロルフがより強いというシグの言葉に、茫然《ぼうぜん》とした表情を浮かべている。

「死ねぇ!!　野良犬がぁーーー!!」

剣を上段に振りかぶり、まっすぐ突っ込んで行くソフィ。

なおも自身が強者であるという確信を捨てられずにいる彼女は、自らの剣が弱者を斬り伏せることこそ、当然の帰結であると思っている。

だがその剣がシグに届くことはない。

かわって、シグの剣がソフィの胸を斬り裂いた。

「がっ……!?」

胸と口から血を噴きながら、前のめりに倒れるソフィ。

自分の身に起きたことが理解出来ない。

「悪りぃけど、戦いだからよ。それに、その綺麗な宝石が付いた剣は、誰かの血を吸い上げて拵《こしら》えたやつだろ？」

消えようとする意識が、かろうじてシグの声を聞き取った。

負けたのか？

でもどうして？

何故こんなことに？

強くて高貴な自分が何故？

必死で答えを求めるが、それに至ることなく、ソフィの命は消え去った。

彼女は結局、稽古相手が木剣の前に身を晒してくれる温室から出てこなかった。

その温室を真実だと思い込んだまま、世界に別れを告げたのだ。

「ひいぃいいぃ」

情けない悲鳴がシグの耳に届いた。

声の方に目をやると、タリアンが這うように部屋を出て逃げ去るところだった。

「……いやいやマジかよ」

あまりのことに、追うことを忘れ立ち尽くしてしまうシグ。

娘の敗死を前にした父の行動として、およそあり得ないものに思えたのだ。

大抵のことに動じないシグも、これには呆れるしか無かった。

◆

シグと二手に分かれた俺は、館の中を慎重に進む。

タリアンが居るとしたら角部屋だろうか。
そう思い、突き当りの扉から中を覗《のぞ》き込む。
人影は無いが、どうも気配がする。確かめた方が良さそうだ。
そう考え、俺は部屋の中へ入った。
ここは大きめの広間のようだ。
ちょっとした催事が出来るぐらいの広さになっている。
そこへ、幾つもの鎧の音。
柱の陰に隠れていた敵たちが現れ、俺を取り囲んだのだ。
どうやら皆、第三騎士団の者であるようだった。
「……ハズレか」
敵の数は十人。一階での戦いより厳しい状況だ。
腰を落として剣を構える俺に、騎士の一人が声をあげた。
「大逆犯ロルフ・バックマン！　貴様は包囲されている！　投降せよ！」
すでに俺の素性はバレているようだ。
まあ、問題ない。戦うだけだ。
そう考える俺の耳に、新しい足音が聞こえる。
騎士たちの後ろから現れた、十一人目の敵。
「従卒さん、お久しぶりですね。お元気そうで何よりです」

ころころと典雅な所作で笑う、美しい女性。

銀の帷子《かたびら》の上に、修道服をベースにした、回復術士用の衣装を身に着けている。

実際、回復術士だ。

しかも、俺が出会った回復術士の中で、最大級の技と魔力を持つ人物であった。

「シーラ・ラルセン……」

胸元で、銀のロザリオが輝いている。

そしてその上には、およそ戦場に似つかわしくない微笑があった。

IV

「わざわざ首を差し出しに来るとは、殊勝な心掛けですね」

シーラは、微笑を崩さぬままそう言った。

いつものとおり、穏やかな声音だった。

「首をくれてやるつもりは無い」

第三騎士団の者たちは、完全に俺を取り囲んでいる。

いつでも斬りかかれる体勢で、十人の騎士が俺を見据える。

そしてその輪の向こうで、静かに佇《たたず》むシーラ。

「しばらく会わないうちに、口の利き方を忘れてしまったようですね」

「記憶力が悪いんでな」

「でも、そんな口調もカッコいいと思いますよ。出で立ちも、ずいぶん素敵になったじゃないですか」

「ああ。良いだろう、これ」

畏塊熊《イカイグマ》の革の外套を自慢しつつ、剣を構え直す。

そして間合いを測りながら騎士たちを見まわすが、穴になりそうな者は見当たらない。

全員、一様に実力者で、油断も無い。

「とは言えやっぱり、私は元の従卒さんが好きですね。人は謙虚でなければなりません。特に、弱き者は頭《こうべ》を垂れるべきなのですよ？」

「なら、そうしろ」

「ふぅ……。変わったのは口の利き方と出で立ちだけですか。愚かさも哀れさも、変わっていないのですね」

「……」

「うふふ……ねえ、従卒さん」

たおやかな微笑み。

声音は、春の日射《ひざ》しを思わせるほどに暖かく、柔らかい。

「さっきまで貴方を討つつもりだったのです。でも、こうして久しぶりにお顔を見て、少し情も戻りました。五年間も一緒に居たんですもの」

「…………」

「投降なさってください。悪いようにはしません。助命されるよう口添えしましょう。エミリーさんも尽力してくれるはずです」

「折角の申し出だが、お断りする」

「以前にも言ったはずです。人の善意は素直にお受けなさい。本来、貴方のような方への寛恕《かんじょ》などあり得ないのです。どうしてこの慈悲が分からないのですか？」

差し伸べた手を、相手が取るのは当然だと思っている者たちが居る。

好きにはなれない。

高みに居る自分が手を伸ばしてやっているのだから、相手は有り難く応じるべきだと思っているのだ。そうでなければおかしい、と。

そういう話に付き合う道理など無いが、伝わっていないようだ。

〝折角の申し出だが、お断りする〟では行儀が良すぎたかもしれない。

ちょうど良い。シグとの旅の影響で、行儀の悪い物言いに憧憬のようなものを感じていたところなのだ。

あの男のように、品位など気にせず、ただ気持ちを言葉に出来たら格好が良いのではないか、と。

俺はもう貴族家の人間ではないのだ。ああいう物言いも出来るようになりたい。

「シーラ」

「はい。従卒さん」

「地獄へ堕《お》ちろ。神の走狗《イヌ》め」

「…………あらぁ」

シーラの目に、いつになく昏《くら》いものが宿る。

走狗《イヌ》などという言葉を使っているあたり、まだ修辞に拘《こだわ》っているか？　やってみると難しいな。

だがこちらの意志は伝わったようだ。

「従卒さん、魔法を斬れるそうですが、ここに魔導士は居ません。居るのは腕利きの騎士が十人。分かっていますか？　貴方の十倍です。このぐらいの算術は出来ますよね？」

シーラの微笑が、嘲笑に変わる。

心から楽しそうな顔をしていた。

「それに私の力をご存知のはず。いかに優れた剣技を持っていても、どうにもならない状況はあるのですよ。お分かりでしょう？」

「何と言われようと降《くだ》ることは無い。王国に膝を折ることは、決して無い」

「ふふ……そうですか。残念です」

騎士たちの目に、ぴりりと殺気が満ちる。

その目が、戦いの始まりを俺に伝えた。

そして次の瞬間、シーラが戦闘開始を告げる。

「『福音《ブレッシング》』！」

魔力光が騎士たちを包み、そして消えた。

後に残ったのは、能力を大幅に増大させた騎士たちだ。

支援魔法には様々なものがある。

腕力を上げるもの、瞬発力を上げるもの、持久力を上げるもの等だ。

シーラが使った『福音《ブレッシング》』は、そういった支援魔法の効果を包含するもので、対象の能力を総合的に上げる、極めて高度な支援魔法なのだ。

そのうえシーラの場合、その効果自体が非常に強力で、能力の上げ幅が通常とは段違いだ。

そんな魔法を、十人の騎士へ同時に行使している。

まさに精強極まる軍団を、魔法一つで作り上げる。

これが出来てしまうのが、シーラ・ラルセンという術士なのだ。

そしてその力を証明するように、騎士たちは図抜けた速さで斬りかかってきた。

「せあっ！」

上段に構えた剣を振り下ろしてくる騎士たち。

四人が四方から同時に襲いくる。

俺はその一人、右前方の騎士へ踏み込み、剣と剣を横から重ね合わせた。

刃の擦れ合う音が、しゅりんと響く。

そのままいなし、俺と相手の体《たい》を入れ替えた。

騎士は前方によろけ、斬り込んできていた他の三人と接触する。

「うおっ！」

これで四人を二秒か三秒、無力化出来た。

俺は取り囲む六人に目を向ける。

やはり連携に優れていると見え、飛び込んだ四人をカバーするべく、二人が前に出ていた。

俺はそのうちの一人、近い方の騎士へ踏み込み、煤の剣を横薙ぎに振り抜いた。

「おぐっ……!?」

騎士は、四人の接触に注意を奪われていた。

四人のカバーが仕事なので、彼らに注意を向けるのは誤りではないが、ほんの一瞬だけ、俺の動きを意識から外してしまったのだ。

俺はその意識の間隙を突くことに成功した。

腹を割かれ、骸となって崩れ落ちる騎士。

彼らは高いレベルで連携がとれているが、それだけに、一人が落ちれば全体が狂う。

当然、人数が減ったらすぐに陣形を組み直す訓練を積んでいるだろうが、それでも少しの隙は生まれる。

そこを逃さないことが肝要だ。

ほんの小さな取っかかりを作り、そしてそれを確実に掴む。

そしてそこから突破口を開く。

兵法の基本の一つである。

騎士の一人が行動を選択すべく、一旦うしろへ退いた。

これがまさに小さな取っかかりだと気づいた俺は、騎士が呼吸を一つ吐《つ》いて体を弛緩《しかん》させるその瞬間に合わせ、踏み込んで剣を突き入れる。

肉を貫く音がずぐりと響く。

黒い刃が喉を貫通したのだ。

騎士は吐血し、声も無く倒れゆく。

瞬く間に二人が倒れ、騎士たちが怒りと緊張に顔を歪める。

最初に斬り込んできた四人は体勢を立て直し、残った騎士たちと共に陣形の再形成を図った。

「もう一度囲むぞ！」

いや、包囲はさせない。

いちばん近くに居た騎士へ、俺は一気に肉薄する。

「調子に乗るなァ!!」

そう叫びながら、騎士は下段を振り入れてくる。

『福音《ブレッシング》』で、力も剣速も大きく上がっているその剣は、まさに必殺の一閃だ。

シーラと騎士たちはそう思っている。

だが、それは誤りだ。

しゅりん。再び響く、刃同士が擦れる音。

俺が剣を合わせ、刀身に刀身を這わせて払うと、騎士の剣は彼の予定とまるで違う軌道を描き、誰も居ない空間を斬った。

「えっ……」

返す刀で、下段からの斬り上げを見舞う。

ざしゅりと音をあげ、刃が肉を断った。

絶命した騎士が崩れ落ちる。

それと同時に、別の騎士の剣が振り下ろされてくる。

だが既に俺はそこに居《お》らず、包囲の外へ抜け出ていた。

騎士たちは悔しげに歯噛みする。

そして彼らの後ろで、シーラがやや目を見開いていた。

額には一筋の汗が見える。

それでも笑みを浮かべたまま、表面上は余裕の態度を崩さない。

「……なかなかやるじゃないですか。『福音《ブレッシング》』を受けた方たちと渡り合うとは」

「悪いが、俺を相手に『福音《ブレッシング》』など意味が無い。自慢の支援魔法を頼みにしていただろうに、残念だったな」

「…………」

いくらパワーとスピードが強化されていても、技量は変わらない。

技量は、研鑽と実戦を積み重ねて磨き上げるしかないのだ。

そして技量の伴わない剣に怖さは無い。

思い出すのはアーベルで戦ったテオドル・エストバリだ。

魔力で大幅に身体強化し、恐るべきスピードで挑んできた難敵。

彼は、強化された能力に振り回されること無く、確かな戦闘技術で俺を追い詰めた。

目の前に居る騎士たちは、いずれも優れた使い手だが、テオドルとは比べるべくもない。

彼との戦いを経験していなかったら展開も違っていたかもしれないが、今の俺にとっては、難しい状況ではないのだ。

もっとも、俺としても若干、三味線を弾いている。

『福音《ブレッシング》』など意味が無い、と言ったが、さすがにそんなことはない。

パワーとスピードが上がるだけでも面倒ではあるし、対応を誤れば敗れる可能性も当然ある。

俺は油断なく剣を構え、騎士たちを見据えた。

「……想像以上ですよ従卒さん。毎日朝晩、せっせと訓練していた甲斐《かい》がありましたね」

シーラは、俺の毎日の稽古について知っていたようだ。

だが、それを知っていても、実力を見誤っていては意味が無い。

「想像以上などと簡単に言うが、それで良いのか？　たぶんシーラは客員参謀なんだろう？　俺を知る者として、知見を与えるために来たはず。それなのにあっさりと騎士を失っていては、第三騎士団に面目が立たないと思うが」

「ふ、ふふ……」

唇を僅かに震わせるシーラ。

笑みが、その顔から剝がれ落ちつつある。

「ところで算術が得意なら教えてくれ。十秒ほどで三人落ちた。残り八人、あと何秒もつ？」

シーラも数に含めつつ、そう言ってやる。

騎士たちが怒りに震え、一様に顔を歪めた。

音が聞こえてきそうなほどに歯ぎしりをしている者も居る。

精鋭たる第三騎士団、それも領主の護衛を任される者たちだ。

気位が高いのは当然のこと。

挑発はそれなりに有効なようだ。

こちらとしては兵法で数的劣勢を埋めるよう意識しなければ、いつ足を掬《すく》われるか分からないからな。

打てる手はしっかり打っていく。

「『聖祈《ゴッデススピード》』！」

対してシーラが打った手は、支援魔法の重ねがけだった。

怒声に近い声で放たれた魔法が、騎士たちの体を再び光で包み込む。

第二幕が始まるらしい。

ならばこの第二幕で終わりにしよう。

俺は息を吐き出し、剣を握り込んだ。

『聖祈《ゴッデススピード》』は対象の精神を鼓舞し、戦いへの恐怖を取り払う魔法だ。

一瞬の恐怖心が生死を分ける剣戟《けんげき》において、この魔法は極めて有効と言える。

ただ、一時的なものとは言え、精神干渉の一種となるため、あまり好まれない。

魔法を受ける側にしてみれば、迷惑に感じることが多いのだ。

まして今回のシーラのように、協力している他の騎士団にこれを使うのは、礼を失する行為だと考える向きが強い。

だが彼女にしてみれば、四の五の言っていられる状況ではない。

使わざるを得なかったのだ。
それだけ追い詰められているということだろう。
「いくぞ、大逆犯め!!」
騎士たちが距離を詰めてくる。
精神が鼓舞される状況においても、連携はしっかり保ったままだ。
だが十人中三人も減っていては、陣形も薄くならざるを得ない。
カバーし合える間合いにも限界があるのだ。
俺は一点を注視することなく全体を視界に捉え、最も薄い箇所を探す。
そこはすぐに見つかった。
左から二番目の騎士が、最も他からのカバーを受けにくい位置に居る。
俺はその騎士を標的と定め、踏み込んでいく。
騎士は中段突きでの迎撃を試みてきた。
「せいっ!!」
突きを躱すが、剣に纏《まと》われた魔力が俺の上腕をかすめた。
血が飛び散る。
だが、このダメージは想定内だ。
俺は身を低くして騎士の懐に飛び込み、ゼロ距離で密着した。
そして剣の柄を使い、顎を下からかち上げる。

「おごっ!?」

こんな荒い手も使えるようになった。誰かの影響だろう。

一階で戦った騎士たちもそうだったが、領主の傍につくことを許された彼らは、教練書に従順な〝優等生〟だ。

こういうのが効く。

即座に俺は、後ろに跳んで剣を振る空間を作り、首への横薙ぎを放つ。

気道ごと頸動脈を断ち斬られ、騎士は絶命した。

そこへ振り入れられてくる、別の騎士の剣。

俺は後方へ転がって回避し、すぐに立ち上がって上段の構えをとる。

そして剣に渾身《こんしん》の力を込めて振り下ろした。

轟《ごう》と響く強い風切り音。

剣は、距離を詰めてきていた騎士の眼前で空振りとなった。

だがこれで良い。牽制《けんせい》なのだ。

剣を知る者なら、今の振りに警戒を強めるはず。

果たして騎士たちは、風切り音に足を止めた。

『聖祈《ゴッデススピード》』の影響下にあっても、判断力が損なわれるわけではない。

彼らに焦燥は無くとも、警戒心はあるのだ。

この種の示威行動を戦術に組み込むのは苦手だが、やれることは全てやらなければならない。

表情に警戒の色が濃い一人を見定め、しっかりと目を合わせたまま中段の構えで、ずいと詰め寄る。

「む……！」

一歩二歩と退がって距離を取り直そうとする騎士。

剣を体の前で横に構え、ガードを固めた体勢をとっている。

だが、そのガードは意味が無い。

左胸が開いているのだ。

そこを覆う銀の胸当てを頼みとしているのだろうが、俺と俺の剣にとって、それはガードになっていない。

「せぇあぁっ!!」

全体重をかけて踏み込み、力を剣先に乗せて突き出した。

がつりと響く、穿《うが》つ音。

黒い刃が、胸当てを貫通して騎士の心臓へ至る。

騎士は声も無く崩れ落ちた。

「な……!?」

残る騎士たちが声をあげる。

だが、恐怖に萎縮する者は居ない。

それを証明するように、いちばん近くに居た騎士が上段の構えで斬りかかってきた。

「はぁっ!!」

速さはあるが、僅かに構えが大きい。

おそらく、俺への対抗心ゆえだ。

先ほど俺が牽制で放った上段斬りと、胸当てを破った突きに引っ張られ、自らも強い剣閃《けんせん》を見せつけようとしているのだ。

自負ある強者というのも難儀なものだ。この間合いでとるその構えは、隙にしかならない。

彼が振り下ろす剣より、開いている腹へ俺が振り入れる剣の方が速かった。

「が……はっ……！」

結果、彼は腹を斬り裂かれ、仰向けに倒れていった。

次の瞬間、がきんがきんと金属音が二度響く。

左右から剣が振り下ろされてきたのだ。

俺はそれを、ほぼ同時に煤の剣で弾いた。

彼らの攻撃は、支援魔法の効果で力のあるものになっているが、やはり技が無い。

シグと戦った時は一撃一撃に苦慮したものだ。

あの男はパワーに優れるうえ、怖い角度、怖いタイミングを本能で探り当てて攻撃してきた。

この騎士たちは違う。

剣でガードするにも、力を逃がすように受けてやれば対応は難しくない。

落ち着いて対処を選択しつつ、俺は一歩退がった。

そして跳び退《すさ》って距離を取る、と見せかけて一気に前方へ飛び込む。

「えっ!?」

シーラが声をあげた。

もはや騎士は六人が沈み、シーラの防壁を作れていない。

俺は一瞬で五歩を詰め、彼女に向けて剣を放つ。

「させるか!!　……ぐはっ!!」

残った騎士の一人が俺とシーラの間へ割り込んできた。

かなり無謀なタイミングだが、恐怖心が無いから出来ることだろう。

結果、彼はシーラを守ることには成功したが、自らは煤の剣に斬られて斃《たお》れた。

そして俺は、他の騎士が殺到する前に今度こそ跳び退《すさ》って距離を取る。

「う……」

シーラが青ざめている。

ついに笑顔は剥がれ落ち、彼女の顔に初めて焦燥が浮かんだ。

シーラはようやく、自分にも剣が向き得ることを知ったのだ。

後方にあって回復と支援を施すのが彼女の役目だった。

自分に剣が振り下ろされる日のことを、まともに想像したことは無かっただろう。

だが今日がその日だ。

「シーラ。聖歌隊はあと三人しか居ないぞ」

「黙りなさい……！　従卒風情が……私を見下すな……!!」

「自分は害されることの無い存在だと思っていたんだろう？　戦う者たちに慈悲と施しを与えて感謝される自分を、特別だと思っていたんだろう？　知らないようだから教えてやる。これが戦いだ」

「黙れぇぇぇぇぇぇ!!」

響く絶叫。

静かに微笑む聖女の姿は見る影もない。

俺は怒声を無視し、ゆっくりと、見せつけるように一歩を踏み出した。

騎士たちを牽制するためだ。

それから一歩ずつ、シーラに近づいていく。

騎士たちは斬りかかってこない。

剣を構えたまま、その場から動こうとしなかった。

「ど、どうしたのです貴方たち！　敵が近づいてきてるのですよ!?」

「ぬ……くぅ……！」

焦り、なりふり構わず呼びかけるシーラ。

だが騎士たちは動かない。

「知っているだろうシーラ。『聖祈《ゴッデススピード》』は恐怖心を奪い去るのみ。判断力の無い狂戦士を作るものではない」

「だ、だから何だというのです!!」

「彼らは、俺に勝てないことを悟った。残った三人でどう斬りかかっても、無為に死ぬことにしかならないと理解しているんだ。動けるわけが無い」

「な………!!」

シーラの顔が絶望に歪む。

旧知を斬る。

今度こそ、その時が来たようだ。

俺は剣を振り上げ、一息に踏み込んでいく。

「終わりだ、シーラ・ラルセン!!」

その時。

「う……うあぁぁぁぁーーー!!」

「!!」

ざしゅり、斬撃音。同時に血しぶきが飛んだ。

想定外の事態だった。

氷像が動き出すかのように、騎士の一人が斬り込んできたのだ。

騎士の攻撃を躱し、もつれながら振り抜いた煤の剣は、シーラを捉えはしたものの、致命とはいかなかった。

「いぎゃあぁぁぁぁぁぁーーーー!!」

絶叫して膝をつくシーラ。

右腕が肩口から失《な》くなっている。

「シーラ様‼　シーラ様ぁーーー‼」

騎士のあの表情……！

なるほど、恋情か。

シーラに想いを寄せる者は、他の騎士団にも少なくなかったからな。

そういうことなら、理屈の範疇外から斬り込んできたのも頷ける。

俺はそこには疎い。気づけなかった。

「ぐ……あがぁーーー‼　お前！　お前ぇ！　私の腕を！　この私の腕をーーー‼　あ……ぐ！　痛い！　痛いぃーーー‼　許せない！　許せない！　こんな……‼　ああぁああぁぁーーー‼」

頭にぐわんと血が上《のぼ》るのを感じた。

何を泣き喚《わめ》いているのか。

ミアたちは、腕なんかより遥《はる》かに多くのものを喪《うしな》っている。

弱き人たちが、どれほど奪われているか。蹂躙《じゅうりん》されているか。

それでも耐えているのだ。

なのに、戦いを生業にする者が、奪うことを肯定してきた者が、その様は何だ。

何が痛いだ。痛みに泣くべき人たちは、もっと他に居る。

……いかん。

戦場で心を怒りに囚われてはいけない。

俺は胸の奥に湧き上がったそれを振り払う。

「貴様ぁぁーーー!!　あがっ!?」

逆に、騎士の方は瞳を怒りで満たし、斬りかかってきた。

しかし構えは乱れに乱れており、その剣が俺に届くはずも無く、彼はただ返り討ちに遭うのみだった。

「あ……ぐぅぅ……ぐ……」

ただ、俺の剣にも、やや無駄な力がこもった。

結果、即座に命を刈り取ることは叶《かな》わず、数秒痛みに呻《うめ》いてから、彼は死んだ。

「悪いな……まあ、八つ当たりだ」

シーラへの怒りを彼にぶつけてしまったかたちだ。

それも彼にとっては本望だったかもしれないが。

「はひっ……はあぁっ……!」

見ると、シーラは窓に取《と》り縋《すが》っていた。

そして落ちるように外へ出る。

どさり。

彼女が地面に落ちる音がした。

俺は窓に近づき、下を覗き込む。

今夜は新月だ。

闇夜の中には何も見えない。
ここは二階だが、天井の高い貴族邸なのだ。
飛び降りるには、かなり高い。
まして片腕が無くてはまともに受け身もとれないはずだ。
果たして彼女は生き延びているだろうか。
いずれにせよ、まだ衛兵が居る中、外へ出て確かめる選択肢は無い。
子爵の打倒と、アイナたちの救出が先だ。
俺は振り返り、いま斬った男の遺体を見やる。
もしシーラが生き延びたなら、この男、一応彼女を救ったことになる。
彼女のような者への恋情に同調出来る点は無いが、ただ、騎士ではあったな。
それから、残った二人の敵に目を向けた。
二人とも構えを解いて、ただ立ち尽くしている。
無意味に死ぬことも、任務を放棄してこの館から逃げ去ることも、彼らには出来ない。
ゆえに立ち尽くすのみだ。
俺は彼らに背を向け、広間を後にした。

◆

それから俺は子爵邸の中を走る。

「それにしても広い館だ」

そんな感想が口をついて出た。

途中、何度か衛兵と会敵したが、問題なく撃破している。

だが、あまり時間をかけてはいられない。

囚われているアイナとカロラが心配だし、俺たちと同じく館に潜入しているフリーダの安否も気になる。

俺は曲がり角を折れ、廊下を走る。

たぶん、ここを進むとシグが向かった先にぶつかるはずだ。

いったん合流するか？

がたり。

その時、俺の耳が物音を拾った。

立ち止まり、あたりを見まわす。

こっちの方……この扉だ。

物音は、確かにこの扉の奥から聞こえてきた。

耳を当てて中の様子を窺うと、何かが動く気配がする。

中に誰かが居るようだ。

どうやら扉は施錠されている。

俺は剣を握り直し、扉に正対すると、思い切り蹴破った。

どかりと音をあげて開いた扉の先は、倉庫になっていた。

棚が並び、そこへ日用品の類が詰め込まれている。

そして床には、手足を縛られた全裸の女性が居た。

◆

「ありがとう。来てくれたんだね」

「ああ」

拘束を解いたあと、棚からシーツを引っ張り出し、その女性――フリーダにかける。

俺の外套はまるでサイズが合わないのだ。

フリーダは、俺が背を向けている間に、白いシーツを裸体に巻いた。

彼女はシーツを両膝の上で短く折り、かつ両肩を出すかたちで纏った。

動きやすさを優先したようだ。

「あのさ」

「ああ」

「あたし、ロルフに助けられる時、いつも全裸だよね」

「そうだな」

「これだとちょっとハダカに有難味が無いね」

「かもしれん」

「もうちょっと感想は無いのかい？　ハダカだよ？」

感想。

何を言えというのだ。

先日、蔵書院に行った際、無遠慮な物言いでリーゼに殴られたばかりだ。

さっきはシーラに対する騎士の感情の機微に気づけず、詰めを誤った。

女性というものに関する考え方について、やや方針を見失っているところなのだ。

「……いや、特に無い」

「まあ、それで正解なんだけどね」

正解らしい。

そうだよな。衣服を奪われ囚われていた女性に対して、その裸体の感想を述べるなどマトモではない。

判断を誤らなくて良かった。

おかしなひっかけ問題はやめて欲しいところだ。

「……それで、フリーダは単身潜入していたんだよな？　ここまでの状況を説明してくれるか？」

時間が勿体《もったい》ない。

俺たちは倉庫を出て、歩きながら小声で会話をする。

「ああ。あたしは昨日、ここへ一人で潜入したんだ」

身のこなしに優れたフリーダは、衛兵たちの目をかい潜《くぐ》り、館内への潜入に成功したらしい。

だがアイナとカロラをすぐに逃がすようなことをすれば、即座にローランド商会の関与が疑われる。

したがってフリーダの目的は館内の情報収集だった。

二人がどこに囚われているか、タリアンは普段どこに居るか、警護状況はどうなっているか、それらの情報を集めるために忍び込んだのだ。

「もっとも、二人の安否を確認して、すぐに助けるべき状況と判断されたら即座にそうせよと、トーリ会長からは言われてるけどね」

アイナの父親であり、ローランド商会の会長でもあるトーリは、娘を案じる善良な父であるようだ。

彼は、娘たちが見舞われたアールベック子爵家での悲劇についても知っているらしい。

そして前回の事件を解決したフリーダを頼り、もしアイナたちがまた傷つけられるようなことがあれば、領主に盾ついてでも動いて欲しいと願ったのだそうだ。

「幸い、取引材料である二人は、まだ無事だった。今のところはね。でも取引が終われば、タリアン子爵はもう遠慮しない」

「問題ない。タリアンは今夜討つ」

「ロルフが来てくれて助かったよ。信じてなかったわけじゃないけど、敵地深くへの誘《いざな》いなんて、普通なら罠だと思うだろうし。結局あたしは捕まっちゃったから、来てくれなかったらヤバかった」

「捕まったのは仕方がない。衛兵だけならともかく、第三騎士団の存在は計算外だったのだろう？」

「まあね。でも捕まる前に、必要な情報は収集し終えた。子爵の部屋はこの先だよ」

そう言って、フリーダは歩く先を指さした。

この向こうなら、やはりシグが先に行っているかもしれない。

「捕まったあと、ローランド商会との関連を疑われなかったか？」

「疑われたけど、無関係な賊で通したよ。それに子爵が興味を向けたのは、そこじゃなかった。アイナとカロラにまだ手を出せない分、あたしで欲を満たそうとしたわけ」

タリアンは、手足を縛られたままのフリーダを寝室に連れ込むと、拘束はそのままに服を剥ぎ取った。

そして事に及ぼうとしたらしい。

「しかしフリーダの手痛い反撃にあったと」

「そう。汚い顔を寄せてきたから、唇を噛《か》みちぎってやった。あいつ、のたうち回ったあと、怒りに任せてあたしを張り飛ばして、それからさっきの倉庫に放り込んでいったのさ」

「そうか。大変だったな」

「ぜんぜん。どうってこと無いって」

手をひらひらと振りながら、平然と答えるフリーダ。

相変わらず強い女《ひと》だ。

彼女は、アールベック子爵家の事件でつらい目に遭ったアイナとカロラを案じ、行動を起こしている。

だが、あの時つらい目に遭ったのはフリーダも同じなのだ。

それなのに、自分ではない者のために危険な行動をとっている。

「フリーダ。君が強い人だということも、無理をして平静を装っているわけではないことも分かっている。だがそれでも、助けになれることがあれば、いつでも言ってくれ」

「ありがとう。でも、ここに来てくれた時点で助けになってるよ」

にこりと微笑むフリーダ。

腕利きの傭兵に似合わぬ、優し気で温かみのある笑顔だった。

「で、ロルフの方の状況は？　見たところ、交戦したみたいだけど」

「ああ、戦った。旧知の術士と、彼女に強化された騎士たちだ。術士は取り逃がしたが、この作戦中はもう、脅威にならない」

「術士？　彼女？」

「ああ。どうした？」

俺の言葉に、ぴくりと反応するフリーダ。

何か思い当たることがあるようだ。

「胸のサイズが頭悪そうな女？　背はあたしと同じぐらいで、青みがかった長い黒髪の？」

「胸のサイズに頭の良《よ》し悪《あ》しがあるのか……？　それはよく分からないが、その女だ。シーラと言う」

「もう脅威にならないって、どうしたんだい？」

「腕を斬り落とした。逃げ去ったが生死は不明だ」

俺がそう答えると、フリーダは満面の笑みを浮かべた。

そして俺の肩をばしばしと叩く。

「ふへへへ！　そうかいそうかい！　やっぱり勝ったんだね！」

どうもシーラとの間に何かがあり、そして俺を信じてくれたらしい。

彼女の表情が、信を置く者へ向けるそれであることは、友人の少ない俺にも分かった。

嬉しいことだ。

「で、このあとはどうするんだい？」

「仲間と合流する。二人で来ているんだ。シグという男で……噂をすれば」

俺たちが歩く先に、剣を肩に担いだ人影があった。

周囲には数人の衛兵が倒れ伏している。

「ようロルフ。そのお姉ちゃんは？」

「彼女がフリーダだ」

「よろしく、シグさん」

「おう」

ぞんざいに答えると、シグは俺に向き直った。

「で、どんな感じだ？　腕んところを少し斬られてるみてえだが」

「第五騎士団から助勢に来た者が居た。シーラという、俺と旧知の術士だ。第三騎士団と連携して襲ってきたので撃退したが、彼女は取り逃がした」

「詰めが甘いぞお前」

「済まない」

「まあ、俺もタリアン子爵を取り逃がしたけどな」

「おい……」

シグの方が甘いじゃないか。

そのタリアンがこの作戦のメインターゲットなのだが。

「問題ねえよ。奴はこの先に逃げた。向こうにゃ階段も無え。袋のネズミだ」

シグが、剣で廊下の先を指しながら言う。

この先に子爵が居るようだ。

「と言っても、部屋は沢山あるだろう。虱潰《しらみつぶ》しに探すのか？」

「この先にはアイナとカロラの部屋がある。そこかもしれないよ」

フリーダが言った。

なら、そこへ向かうとしよう。

いずれにせよ二人は助けねばならないしな。

「よし。フリーダ、案内してくれ。あ、ちょっと待て。これを」

「ありがと」
シグに倒されていた敵の遺体から剣を拝借し、フリーダに持たせる。
それからフリーダの誘導に従って廊下を進んだ。
彼女の言うとおり、アイナとカロラの部屋にタリアンも居るような気がする。
二人を人質にし、衛兵が集まってくるまで時間を稼ごうとするのではないだろうか。
俺に対し、あの二人が人質として機能することを彼は知らない。
だが、万策尽きたタリアンにやれることは、女の首筋に刃をあてることぐらいだ。
そうなった時の行動について考えながら、廊下を進む。
ほどなく、両開きの大きな扉に辿り着いた。
「フリーダ、ここか？」
「ああ、そうだよ」
俺とシグが扉の前に立ち、フリーダが後ろで構える。
そして頷き合った。
シグと同時に足を蹴り入れる。
ばかんと派手な音がして、扉が開いた。
そして二人の間を通り、フリーダが室内へ駆け込む。
だが敵からの攻撃は無く、そこには予想どおりの光景が広がっていた。
それを前に、フリーダは立ち止まる。

「ちっ、あの賊の女まで出てきたか！　どいつもこいつも、なぜ弁《わきま》えぬのだ！」

「フ、フリーダ……」

力なく声を出すアイナ。

タリアンが、彼女を後ろから捕らえ、その首筋に剣を当てている。

少し離れたところにカロラも居る。青い顔に冷や汗を浮かべ、悔しそうにしていた。

「知り合いか。やはりローランド商会の手の者だったのだな。それ以上近寄るな、匪賊《ひぞく》め！」

そこへ俺とシグも部屋に入り、フリーダの横へ並ぶ。

そしてタリアンへ向けて俺は言った。

「匪賊とは、集団をなして掠奪《りゃくだつ》に及ぶ者たちのことを言う。まさにお前らのことだ」

「……あ……ああ！　そんな、本当に!?」

「ロルフさん……！」

アイナとカロラが、俺を見て声をあげる。

そしてタリアンも。

「来たか……！　ロルフ・バックマン!!」

顔中を憤激に染め、両手を震わせるタリアン。

血走った目で、射殺《いころ》さんばかりの視線を向けてくる。

かと思えば、突然哄笑を響かせた。

「は……ははははは！　何だその顔は！　煤まみれではないか！　やはり貴様はどこへ行っても

煤まみれ《アルガ》なのだ！　今も暖炉の掃除をしているのか？　得意だったからなぁ！」

「…………」

「そう！　貴様はどこへ行っても、いつまで経っても、哀れなままの男なのだ！　故にこその加護なし！　故にこその棄てられし者！」

「…………」

「身のほど知らずにも私の前に現れるとは！　復讐《ふくしゅう》のつもりか？　己の無能を棚に上げ、不相応な嫉妬と恨みを募らせるなど!!　恥を知れ！」

「…………」

「どうした？　何も言えぬか？　すぐにも第三騎士団の護衛隊がここへ駆けつけてくるわ！　貴様らもこれまでだ!!」

もうその護衛隊はほぼ壊滅している。

彼が俺という男について改めて語ったので、少し興味を覚えて傾聴してみたが、特に得るものは無かった。

俺も新しい出会いの数々を経て少しは成長していると思うし、ひょっとしたら彼の言《げん》にも聞くべきものがあるかもしれないと思ったのだが。

「ロルフ。因縁があるみたいだね」

「因縁……？　あっただろうか。因縁と言えるほどのものは無いと思うが」

俺は首を傾《かし》げる。

シグはどうだろうか。

この領の出身だし、タリアンを嫌っていた。

因縁に近い思いもあるかもしれない。

だが俺がシグの方を向くと、彼は半眼で首を振った。

どうやらタリアンに興味を失ったようだ。

確かに、逃げ去ったうえ、こうも喚《わめ》き立《た》てる男を、あえて斬りたいとは思わないかもしれない。

「じゃあ、あたしがケリをつけて良いかい？」

そう訊いてくるフリーダ。

俺が頷くと、彼女はゆっくりとタリアンに近づいていく。

細い裸体に白いシーツを巻いただけの美しい女性が、しかし手には鈍く光る剣を持って静かに歩み寄る。

タリアンは、何故か俺の言葉に驚愕の表情を浮かべていた。

そしてアイナの首筋に当てた剣を見せつけるようにしながら、叫び声をあげる。

「く、来るな！　それ以上近づけば、この者を殺すぞ！」

明らかに、騎士団長を務めた者の振る舞いではない。

だが信じ難いことに、この行為は彼の中で、おかしなものではないのだ。

自分にはこうする権利がある、自分はこれが許された種類の人間である。

そう思っている。

そのタリアンへの嫌悪感に嘆息しながら、フリーダが近づいていった。

「来るなと言っている!!　この女がどうなっても良いのか!!」

口角泡《こうかくあわ》を飛ばすタリアン。

アイナの命が手中にあると必死でアピールするが、彼がアイナを殺すのは無理だ。

短剣ならともかく、あんな大ぶりの剣を手元で操って首に刃を入れるのは、彼が思うほど簡単ではない。一瞬で出来ることではないのだ。

彼がそうしようとしたら、アイナの首に刃が食い込む前に、フリーダがその腕を落とすだろう。

だが、その必要は無かった。


「ぐぁっ!!」

タリアンが悲鳴をあげる。

アイナが彼の手に噛みついたのだ。

剣を取り落とすタリアンの懐から脱出し、こちらへ駆けよるアイナ。

同時に、カロラもこちらへ走る。

タリアンは、二人が俺の背の後ろに隠れるのを、苦々しげな表情で見据えた。

肩を震わせながら、血が滲む手を押さえている。

「人質の女に噛まれて出血かい。名誉の負傷もあったもんだね」

冷たい声でフリーダが言い放つ。

タリアンは、怒りと羞恥心で顔を真っ赤に染めた。

「早く剣を拾いなよ。それとも、その怪我が痛くて剣を握れないかい？」

そう言って、タリアンに剣を拾い上げる時間を与えるフリーダ。

些《いささ》か戦場にそぐわぬ振る舞いだが、彼女はタリアンに激怒しているのだ。

自身へのではなく、アイナとカロラへの所業に対して。

あの手紙によると、フリーダはアールベック家の事件より以前からアイナたちと知己であったらしい。

そして事件のあとは、つらい記憶を振り払うべく助け合い、より親交を深めたとのことだ。

そうやって寄り添い、日々を一生懸命に生きる者たちの努力を、タリアンは自身の欲望のために踏みにじった。

拐《かどわ》かされて悲劇に見舞われた彼女たちの過去を知りながら、なお拐かして閉じ込めたのだ。

このような所業、激怒するに決まっている。

特にフリーダは人のために怒れる女《ひと》。

タリアンへの怒りを抑えられるはずも無いのだ。

「どうしたんだい？　拾いなよ、早く」

「ぐ……賊が！　大逆犯の仲間だったとはな！」

赤く染まった顔のまま、剣を拾い上げるタリアン。

そして怒りに震える手で剣を構える。

「戦場で怒りに囚われるとはね。無様なことだよ」

フリーダは自身のことを言ったのだ。

剣士の自戒から出る言葉であった。

だがタリアンは自分のことを言われたと思い、怒りを強める。

「死ねえぇぇーーー!!　卑賎の者めがァァーーー!!」

剣を振り上げ、絶叫と共に向かってくるタリアン。

フリーダは下段に構え、真っすぐ踏み込む。

彼女のスピードは、タリアンの予測の範囲に収まるものではなかった。

タリアンが剣を振り下ろした時、すでにフリーダは彼の懐に入っていたのだ。

「なっ!?」

タリアンの腕に隠れるように、細身のフリーダがその懐へ張りつく。

そして、くるりと半回転しながらタリアンの背後へ出た。

同時に、ひゅっ、と剣が閃《ひらめ》く音がする。

「へえ……」

シグが声を出した。

彼には珍しい、驚きと感心を含んだ声だ。

「か……?」

剣をぽろりと取り落とすタリアン。

その腹は大きく裂かれている。

「が……ごひゅ……？」

血を吐きながらゆっくりと膝をつき、そして倒れた。

二度三度と床を掻《か》き毟《むし》り、それから静かになる。

バート・タリアン。

かつて第五騎士団の団長を務め、タリアン領の領主であった男。

今は骸になった。

「二人とも無事？　怪我は無いかい？」

「フリーダ！」

アイナとカロラが俺の後ろから出て、フリーダに駆けよる。

そして抱き合う三人。

骸の横たわる戦場にあっても、美しいものは美しい。

あとは脱出するだけだ。

まだ館の内外に敵は居るが、第三騎士団の護衛隊は殆ど残っていない。

他は衛兵ばかりだ。雇い主が死んでなお、騎士たちと同様に忠誠心を発揮する者はそう多くないだろう。

突破は可能だ。

「あの……ロルフさんは、どうしてここに？」

アイナが尋ねてくる。

・

「貴女《あなた》たちが囚われたことを、フリーダからの手紙で知った。そして俺と、このシグは魔族軍に所属し、今タリアン領との戦に及んでいる。その関係もあって、ここに来ているんだ」

「ま、魔族軍？　そうなんですか」

俺の返答はかなり衝撃的だったはずで、実際アイナは目を見開いて驚愕したが、取り乱したり、不信を露《あら》わにしたりはしなかった。

横に居るカロラも同様だ。

「あの……ロルフさん。詳しいお話は後にして、先に伝えたいことが」

「何だ？　カロラ」

「第三騎士団の者が言っているのを聞いたんです。軍を分けると。それ、ロルフさんにとって良くないことだったりしますか？」

分ける？

まもなく領境の平原で、魔族軍と第三騎士団がぶつかるはずだが、騎士団は別動隊を用いた戦術を展開するつもりだろうか？

戦いには、フォルカーもアーベル総督の任を一時離れて参加している。

彼ならその種の策は看破してくれると思うが……。

「何か……第三騎士団の中でも、他の者には聞かせたくないように話していました。私も扉越しに立ち聞きしただけですが、北を突くとかって……」

騎士団内で方針が食い違っているのか？

それに北を突く……？

――――!!


背筋を汗が伝った。

目の前に一瞬、横たわる暗流が見えた気がする。

俺たちは敵に出し抜かれてしまったかもしれない。

「狙いはバラステア砦か……!?」

◆

少女は、生まれ育った集落に戻ってきていた。

彼女がヘンセンで保護されている間に、この集落に慰霊碑が建立されたのだ。

集落の中心部にそれはあった。

大きいが華美ではなく、ひそやかな佇まいの慰霊碑は、死者の平穏な眠りを妨げないよう、十全の配慮が為されたものであると分かる。

刻まれた碑文は、精霊信仰に基づいて鎮魂を願うものだった。

少女は幼いが、そこに書かれた切なる願いは理解出来た。

この慰霊碑は、新任の将軍が陣頭に立って建立したらしい。

大人たちは少女を慮り、軍と戦いに関することは耳に入れないようにしていたが、その将軍の名前は漏れ聞こえてきた。

ロルフと言うそうだ。

その名に少女は、どこか温かい響きを感じた。

実際、将軍ロルフは人品に優れた者らしく、アーベルの収容所から犠牲者たちの遺骨を引き揚げ、この地に還《かえ》してくれたのだという。

犠牲者の中には他の集落の者も多いが、誰がどこから連れてこられたかまでは分からない。

これに際し将軍ロルフは、最も悲劇の色濃いこの集落での合祀《ごうし》を決め、慰霊碑を建てたのだ。

少なくとも犠牲者たちは、祖国の土で眠りに就くことが出来た。

少女は慰霊碑を見上げ、それから視線を地面に落とす。

ここに眠っている。父母も、兄も。

そして収容所で命を散らした姉もここへ還り、家族と共に眠っている。

少女は両膝をつき、慰霊碑に両手と額を当て、そして目を閉じた。

瞼の裏に浮かび上がる、家族の笑顔。

――おとうさん、おかあさん、おにいちゃん、おねえちゃん。

――おはかをつくってもらえたよ。

――どうか、やすらかにねむってください。

――もっといっしょに居たかったけど、がまんするね。

慰霊碑に当てた手のひらに、体温を感じるような気がする。
向こうから、家族がそこに手を当ててくれているような気がする。

――わたしはね、かえってこれたよ。
――エーファおねえちゃんに会えたよ。
――だから、さみしくないからね。
――がんばって生きるからね。

祈り、そして伝える。
生きのびたこと。
大好きな姉に会えたこと。
この世界で、懸命に生きていくこと。
そして……。

――あのね。

——わたしは、あきらめちゃってたんだけど。
——でも、たすけてくれた人がいるんだよ。
——くらいところから、たすけてくれて。
——いっぱい、やさしくしてくれて。
——いろんなことを、おしえてくれて。
——それから。
——それから…………。

「…………わたしに……こころを……くれたんだよ……」

目を開ける。
ぼろぼろ。ぼろぼろ。
気づいたら、涙が頬を伝っていた。
思い出すのは、大きな手と大きな背中。
そして、途方もなく大きくて、温かい心。
涙で滲む視界の向こうに、彼が居るような気がした。

「………………」

それは、そこにあった。
慰霊碑のもとに捧げられた、沢山の花に供物。
その中にある、小さな四つの陶器瓶。

――ヘンセンでしか売ってない、レモネードっていう飲み物があって……家族みんなそれが大好きで…………

――それじゃあヘンセンに行ったらそれを買おう

夜の森で、彼と交わした会話。
間違いなくそれは、あのレモネードの瓶だった。
ここに眠る少女の家族四人と、同じ数の瓶。
あの話は他の誰にもしていない。
エーファは、ずっと一緒に居たから違う。
ヘンセンで探したが、会えなかった。
もしかしたら、戦火に呑まれてしまったのではないかと。
認めたくはないが、その可能性の前に、少女は深く悲しんでいた。
だが違った。

生きている。
そしてこの地に来たのだ。
少女の体が打ち震える。
流れ落ちていた涙は、更に激しく滂沱《ぼうだ》として溢《あふ》れ出《で》た。
そして感情が爆発する。
思いが、切望が、奔流となって少女の胸に押し寄せる。

会いたい!!　会いたい!!　会いたい!!

胸に叫びが木霊する。
流れる涙もそのままに、少女は南の空を見上げた。
ヘンセンに行ったようだが、向こうでは会えなかった。
この集落に来たらしいが、今はもう居ない。
ならば砦とアーベルのある南の方へ戻ったのではないか。少女はそう考えた。
アーベル周辺は、もう王国領ではなくなったと聞いている。
だが、北側こそ魔族領が広がるのみ。そちらへ行くとも思えない。
やはり可能性があるのは南、あの砦の方なのだ。
行こう。

少女は胸の前で手を握りしめる。

エーファおねえちゃんに相談しよう。

あの人を探しに行く。

だって会いたい。

どうしても会いたい！


少女の小さな胸に、とても大きな決意が灯った。

◆

響く怒声、叫声、そして剣戟音。

ロルフたちがタリアンを討ったそのころ。

旧ストレーム領とタリアン領の境に広がる平原で、魔族軍と王国軍は激突していた。

魔族側は、ヴィリ族とゴルカ族の混成軍となっている。

ロルフは、新たに編制された自軍の指揮を執れないことについて部下たちへ詫《わ》びながら、その指揮をフォルカーへ依頼していた。

フォルカーはこの戦いで全体の指揮を執る立場だが、その求めに応じるかたちで、ロルフの軍を直接の麾下として動かしている。

元々フォルカーはアーベルの総督として多忙を極める日々にあり、それに加えて指揮官の責を全うせねばならず、負担はかなり大きい。

それでも責任感と、そして世界が重大な情勢にあるという理解のもと、自身の士気を保ち、戦っているのだ。

気力は十分であった。

また、新たにゴルカ族から合流した者たちも意気軒高である。

将兵ともに優秀な者が揃《そろ》っており、彼らもまた、歴史が大きく動きつつある動乱の中、士気を高めているのだ。

魔族軍は、ロルフが居ない分、万全とは言えなかったが、それでも可能な範囲内では最良の状態にあると言えた。

対して王国軍を構成するのは第三騎士団。

王国の軍事の屋台骨であり、大樹とも称せられるマティアス・ユーホルト。彼が率いる精鋭たちである。

彼らが魔族軍を迎え撃つために平原へ陣を張ってから、開戦まで十二日半が経過していた。

普通なら無視出来ぬ疲れを蓄積させているはずだが、彼らに疲労の色は見えなかった。

元々ユーホルトは、軍略は当然として、組織運営の能力を高く評価されるリーダーである。

彼の指揮のもと第三騎士団は、糧食を途切れさせず、疲労を溜めず、士気を衰えさせず、そして規律を維持したまま、全軍規模の野営を乗り切っているのだ。

ユーホルトの手腕は非凡極まるものであった。

また、彼にとって嬉しい誤算もあった。

同行するエーリク・リンデルの存在である。

この領境の平原には、遮蔽物がほぼ無い。

奇策が入り込む余地の無い地形で、両軍は正面からぶつかるしか無いと思われた。

だが平原と言えど、ただ水平な大地が広がるのみであるはずも無い。

幾ばくかの起伏は存在する。

野営開始から五日目の午後、リンデルは、この起伏の高低差が最も大きくなるポイントを見つけた。

魔族側から視認出来ない位置に兵を潜ませることが可能なのだ。

この報告はユーホルトを唸らせた。

平原のスケールは大きく、普通に見まわしても高低差を見つけられるものではない。

リンデルは戦場の見方を知っているのだ。

第一騎士団の梟鶴《きょうかく》部隊を率いるだけのことはある。

もっとも、早期に戦場に着き、陣を張りつつ地形を検《あらた》めさせたのはユーホルトであった。

万事にそつが無いその仕事に、部下たちはいつもと同様の安心感を覚えるのだった。

伏兵を潜ませることを前提に、ユーホルトは作戦を練り直す。

旧ストレーム領の戦いでは、領都からおびき出された領軍が、伏兵に側面を突かれる展開があった。

今度はその立場が逆転する。

魔族軍はタリアン領に引き込まれ、そして伏兵の襲撃を受けるのだ。

伏兵部隊の編制はリンデルの協力もあり、速やかに完了した。

最も地形を把握しているリンデル自身も伏兵側に入った。

魔族軍が攻めてきたら、王国軍本隊は退《さ》がりながら応戦する。

そして魔族軍の隊列が伸び切ったところで伏兵が側面を突き、同時に本隊が反転攻勢に出るのだ。

そのために最適な会敵ポイントや、後退時の陣形をしっかり計算する。

ユーホルトは閃きのあるタイプではないが、ミスが無く、堅実の極みにある騎士だ。

この種の計算を精緻に行い、誤りなく戦術に組み入れるのは得意とするところだった。

そして彼らが平原に陣を張ってから十二日半が経過した早朝。

旧ストレーム領側に魔族軍が現れた。

今か今かと敵を待ち構えた王国軍の士気は、最高潮に達していた。

彼らはまさに万全な状態にあったのだ。

◆

平原の戦いが始まってから数時間が経過した。

フォルカーはやや当惑している。

「やけに薄い……」

王国軍の勢いが弱すぎるのだ。

魔族軍は、予想以上の速度で前進し、敵陣へ押し入っていく。

王国軍はそれを止められず、後退するばかりだった。

魔族軍を奥まで引き込んで隊列を伸ばさせようとしているようにも見える。

この広い平原で、軍が前後に伸び過ぎてはマズい。

全体の連携がとれなくなってしまう。

何より、もし側面を突かれたら大きな損害が出るだろう。

この平原に、伏兵が潜める場所があるようにも思えない。

だが、ここは敵地なのだ。地の利は向こうにある。

迷いながらも、フォルカーは前進を選択した。

敵の策を警戒するあまり積極性を失うのは、避けるべき失敗の一つだ。

ゆえにフォルカーは、警戒をしつつ、かつ隊列が伸び切らないようコントロールに腐心しつつ、慎重に攻め入っていく。

「みんな！　前以外にも気を配って！　他にも敵が居るかもしれないわ！」

前線近くで指揮を執るリーゼも、フォルカーと同じ思いだ。

敵の布陣は一貫して薄く、それを破って進む魔族軍の勢いが増すばかりである。

誘われていると思ったリーゼは、どこかに敵の策があると疑った。

「……どういうこと？」

だが、いつまで経っても何も起こらない。

現れるかもしれないと思った伏兵も、一向に現れない。

魔族軍はどんどん敵を押し込み、王国軍はただ後退を繰り返していた。

結果として王国軍の行動は、ただ薄い布陣で魔族軍と正面衝突し、そして後退するだけというものになっている。

リーゼは攻撃を続行しながらも、困惑を深めた。

そのリーゼと四十メートルほど離れた地点。

もはや目と鼻の先に、ユーホルトは居た。

部下たちが終《つい》ぞ見たことの無い焦燥を、その顔に浮かべている。

「どういうことだ！　なぜ動かない！」

伏兵として潜ませていた別動隊が来ない。

彼らはとっくに敵の側面を突いているはずだった。

「ユーホルト団長！　第六小隊、壊滅です！」

傍らで副団長が叫ぶ。

彼らの有様《ありさま》は、いまや後退ではなく、潰走と言って差し支えないものになっていた。

そして遂《つい》にユーホルトのもとへ、魔族軍が大挙して押し寄せてくる。怒涛《どとう》の勢いであった。

「くっ!!」

剣を手に踏み留まるユーホルト。

それは英雄の名に恥じぬ振る舞いであった。

だが一騎当千を謳《うた》われる英雄が本当に千の敵を討ち破れるのは、おそらく物語の中だけでの話なのだ。

◆

ユーホルトの死は、劇作家によって大いに脚色されることだろう。

何故ならそれは、英雄の死としては物足りない、あまりにありふれたものだったのだ。

いつの間にか、不特定多数の骸のうちの一つとして、戦場に転がっていたのだから。

彼の濃い金髪が土にまみれている。光を失った目はただ中空に向き、破れた唇を蝿が這っている。

その死は戦いの無情を伝えるものであり、また、誰かの悪辣な野心の結果でもあった。

◆

俺とシグは、急ぎ馬を走らせる。

多くの衛兵が逃げ去る館から無事脱出した俺たちは、フリーダたちと近日中の再会を約し、領境の平原へ向かったのだ。

「要するによ！　敵は軍を分けて、バラステア砦を落としにかかってるんだよな？」

疾走する馬上で、シグが声を張りあげる。

彼の言うとおり、敵の狙いはバラステア砦だ。

カロラが聞いた〝北を突く〟という言葉が指すものは、それしかない。

「ああ、そうだ！」

俺は頭の中で、再度状況を整理する。

ヘンセンの南には森を挟んでバラステア砦があり、その更に南に、アーベルのある旧ストレーム領。

その旧ストレーム領の東側に、タリアン領が隣接している。

王国騎士団が普通にバラステア砦を突こうとしても、タリアン領内で挙兵が見られた時点でアーベルの哨戒《しょうかい》網にかかる。

結果、ヘンセンから出た魔族軍が先にバラステア砦を固めることが出来るわけだ。

バラステア砦がかつて頻繁に攻撃を受ける死地であったことからも分かるとおり、ヘンセンとバラステア砦はかなり近い。一日で行軍可能なのだ。

よって有事の際、ヘンセンの魔族軍は速やかに砦やアーベルに移動出来る。

だが今、旧ストレーム領とタリアン領の境に広がる平原で、魔族軍と第三騎士団が戦っている。

第三騎士団はその戦いを隠《かく》れ蓑《みの》に、軍を分け、平原を北へ上ってから旧ストレーム領へ入り、バラステア砦を突こうとしているのだ。
いま戦いが行われている以上、哨戒も何も無い。すでに有事なのだ。
第三騎士団は、この機に乗じることで砦を突くことが出来る。
そして最も重要な点として、ヘンセンから砦を固めに出る魔族軍は居ない。
深くタリアン領にまで侵攻してしまっているのだから。
「ヘンセンはカラなんだぞロルフ！」
「分かっている！」
シグが歯を食いしばる。
馬上にあっても、ぎりりと音が聞こえてきそうな表情だ。
この短期間で、彼にもあの地に守るべきものが出来たということだ。
もっとも、敵にはヘンセンを突かないという選択肢もある。
戦略上、彼らは立てこもるだけでも良いのだ。
砦の備蓄に加え、以前と同様、集落から物資を掠奪することも出来てしまう。
いや、以前と違い、北側に点在する集落はもはや無防備なのだ。
彼らはそうやって継戦能力を確保し、後はとにかく砦を固めれば良い。
帰り道を塞がれた魔族軍は、物心《ぶっしん》両面から強烈な疲弊を強いられることになる。
本国と分断されて飛び地に残った軍など、壊死《えし》するだけの存在でしかないのだ。
アーベルはあるが、あそこでは当然、駐留軍を賄っている。

まして、これから統治を軌道に乗せようという新拠点だ。新たに大軍を賄う余力など無い。

そして俺たちは飛び地にあって為《な》す術《すべ》を失う。

敵は守りに徹して、補給の無い俺たちが疲弊するのを待つだけだ。

砦の外に居る方が兵糧攻めにあうという、あり得べからざる状況。

彼らは砦を固めるだけで、魔族軍を壊滅せしめることが可能なのだ。


「く……！」


対応策はある。それを思い、俺は唇を噛みしめた。

敵と同じことをすれば良い。

つまり、タリアン領で物資を現地調達するのだ。

掠奪である。

それは絶対にあってはならないこと。やってはならない過ちだ。

それに手を染めた時、俺たちは戦う資格を捨て去ることになる。

しかし、人は飢えを極めた時、理性を失う。

飢えというものは、想像を絶するほどに恐ろしい代物なのだ。

その果てで激発に至り、過ちを犯す者が居ないとは断言出来ない。

「それを狙っている、ということもあるのか……？」

考え過ぎかもしれないが、これを企てた者は、魔族軍が飢えから激発する展開を望んでいるようにも思える。

掠奪に及ぶ俺たちを指さし、お前らも同じではないかと、お前らも戦えぬ者から奪うではないかと、そう突きつけるのだ。

まさに俺たちは、戦いの正当性を喪失させられるのである。

もしそこまで考えてのことだとしたら、この相手は悪魔の知恵を持っている。

だが……。

「つってもよ、これマトモな戦略なのか!?　タリアン領が落ちるんだぞ？」

「分からない！　正直、俺にもマトモとは思えない！」

そう。シグの疑問はもっともだ。

この作戦は、戦略上かなり極端なものと言える。

正道を好む、少なくとも自身たちを正道に位置づける王国騎士団が用いる策としては、特異と言って良い。

なにせ王国は、平原での勝利を事実上、捨てることになるのだ。

今、バラステア砦に駐留する魔族軍は大した数ではない。

当然だ。砦の両側とも自領なのだから、固める意味が無い。

だが、それでも砦は砦。防壁をもつ軍事拠点だ。

小隊規模の攻め手で落とせるものじゃない。

バラステア砦を攻めるなら、第三騎士団は相当数の兵を砦方面に割かなければならないはずだ。

当然、平原で戦う兵力は不足する。

あるいは、それでも平原で勝てるとユーホルトは考えたのだろうか？

しかし彼は堅実で鳴る男。そんな策を採るとも思えない。

どうも細部が整合しない。不自然さを拭えないのだ。

王国にとって平原での敗北は、シグの言うとおり、タリアン領の陥落を意味する。

タリアンに自前の軍は無い。王国軍が平原で敗れれば、魔族軍はそのままタリアンのもとへ攻め込めてしまう。そうなればタリアン領は終わりだ。

もっとも、現時点でタリアンは既に敗死しているわけだが、これは王国にとって想定外であるはずだ。

やはり、どう整理しても、敵の動きは極端に過ぎる。

タリアン領を犠牲にしている。領土が失われることを前提にした作戦なのだ。

それは馬鹿げている。

中央の承認を得ての作戦行動とはどうしても思えない。

ユーホルトとは別の者の思惑が働いていると考えるのが妥当ではないだろうか。

それにカロラの言葉も気になる。

騎士たちは、北を突くということを他の者に聞かせたくないように話していたらしい。

「味方を謀《たばか》ったか……？」

野心……それも、多分に悪意を孕む類のそれ。

何か、そういったものの存在を感じる。

それが交錯するのが乱世の常ではあるのだろうが、果たして俺はそれに太刀打ち出来るのだろうか？

剣とは違う武器を振り上げる敵の存在に、俺は背筋が冷えるのを感じた。

◆

ロルフらがタリアン邸を出て平原へ向かっているころ、領境の平原を離れて北へ向かう軍があった。

エーリク・リンデルを含む第三騎士団の別動隊である。

戦場を北に離れ、旧ストレーム領へ入るルートを進軍し始めたのだ。

ユーホルトは、裏をかいてバラステア砦を突く策に出た。自らは平原で魔族軍を引きつけ戦っている。彼のプランはいつもどおり盤石で、軍を分けても彼が平原の勝者となることは疑いない。

部隊長以下の者たちは、皆そう信じている。

一方、この別動隊には総隊長クラスの上級幹部も複数名参加しているが、彼らはユーホルトの死を確信していた。

リンデルの息がかかった者たちである。

元より政治力に優れるリンデルだが、いまやそれは図抜けたものになっていた。

自身の所属ではない第三騎士団にシンパを持っている時点で、その力のほどが分かるというものだが、彼が目指すのは、その程度のものではなかった。

中央に椅子を得て、更に権勢を強め、高みへ昇りつめていくつもりなのだ。

今回の戦で彼が目指すものは、第三騎士団トップの座である。

団長、副団長含め、いま要職にある者たちは平原で死ぬだろう。戦敗の不名誉を抱えたまま。

そして第一騎士団の幹部である自分がここで功を成し、シンパである幹部たちの推挙があれば、団長の椅子は自分のものとなる。

リンデルは、そう目論《もくろ》んでいた。

すでに中央への根回しは済んでいるのだ。

「あの、リンデルさん」

隣の馬上から、仲間が小声で話しかける。

二十代半ばの男で、名はハンネスといった。

二年前に第三騎士団へ転属したが、もとは第一騎士団の所属で、そのころからリンデルと親交がある。

リンデルと繋がりのある者は、王国の各所に存在するのだ。

「どうした、ハンネス」

「……平原の戦いで生き残った者が、余計なことを言ったらどうします？」

陣形上、ユーホルトの死は確定的だ。

だが、まさか一兵残らず壊滅するはずも無い。いくらかの敗残兵は帰るだろう。

もしユーホルトが想定した伏兵作戦を知る者が生き残れば、リンデルたちを糾弾する可能性がある。ハンネスはそこを案じたのだ。

「問題ない。どこの戦場でも雑言は飛び交うもの。上には信じるべきを信じさせるだけだ」

ユーホルトは万全を期すため戦術を秘した。バラステア砦を突くことはユーホルトの案で、彼は平原でも勝つつもりだった。彼は魔族軍の兵力を読み違えていたのだ。

そう述べれば良い。

如何様《いかよう》にも主張出来るし、信じさせることが出来る。

すでに多くの幹部を抱き込んでいるし、細部の辻褄《つじつま》合わせも出来ている。

そしてシンパは中央にも居る。

ユーホルトが敵を読み違えるというのは、通常なら信頼性の低い話だ。

だが各所に仲間を得て環境を整えれば、その話に真実味を持たせることが可能になる。

何のことは無い。盤外で有利な状況を作り上げてから動くという振る舞いは、軍事でのやりようと変わらない。

戦略と政略の要訣《ようけつ》は同じなのだ。

にもかかわらず、ユーホルトはなまじ軍人として長い経歴を持っていたため、視線が戦場に向き過ぎ、政治に頭が回らなかったのである。

そこをリンデルに出し抜かれたのだ。

「これで次の団長はリンデルさんですね。まあ、ユーホルト団長も長く務めましたし、このへんが引き際ということで良いでしょう」

「十五年も居座らんで欲しかったがな」

リンデルは急進的な思想の持ち主で、古い体制を嫌っていた。

王国が問題を抱えているのは、このタリアン領を見ても明らかだ。

女神への尊い信仰は変えずとも、国には変化が必要なのだ。

そう考えており、そしてその思いが求心力になっているのだった。

また、ハンネスらシンパは皆、王国への忠誠を誓っているし、女神への信仰にも偽りは無い。むしろリンデル同様、相当に強い信仰心を持っている。

だが、彼らも権威に凝り固まった体制には嫌気が差している。体制の古さに拒絶反応を示すのは若者の常だ。

リンデルのシンパは、その多くが若者だった。

神を奉ずる集団のうち、急進的な者たちが、過激主義に依《よ》る一派を形成する。

それは人の歴史において、ありふれた光景でもあった。

「変化が訪れるぞ、ハンネス」

「やはり戦局は変わりますか？」

「ああ」

ハンネスの問いに首肯を返すリンデル。

ヴィリ族の戦勝を契機に、各地の魔族は大きく気勢を上げており、戦場は更に広がりを見せていた。

戦いが新たな局面に突入しようとしているのではない。

すでに突入したのだ。

それはリンデルを含む多くの者の目に明らかだった。

「東部は第二が抑え切るだろうが……領軍頼みのアルテアン領は落ちるかもしれん。敵に面倒なのも居るようだしな」

「レゥ族のヴァルターですね。魔族の英雄。とんでもない強さだと聞きます」

「魔族が〝英雄〟とは片腹痛いがな」

そう言いながらも、敵の力を鑑み、アルテアン領が失地となる可能性を考えるリンデル。

また、それどころか今いるタリアン領は確実に落ちる。

しかしリンデルにとってはそれで良かった。

団長の椅子は埒外《らちがい》の英雄たちに占有されている。

リンデルが騎士団長に至るには、そのいずれかに敗死してもらわねばならない。

加えて、その団には半壊してもらうぐらいで丁度良い。

それぐらいでなければ古めかしい愚物たちは危機感を抱かぬだろう。

それに、その方がリンデルも新しい組織を作りやすくなるというものだった。

彼にしてみれば、むしろ感謝して欲しいほどである。

相当数を落ち延びさせ、かつ砦を奪還し敵を潰そうというのだから。

「リンデルさん。調査によれば、バラステア砦は物流の中継地になっており、軍用の備蓄の他にも物資が集まっているようです」

「知っている。近隣の集落から奪うことも出来るし、我々が飢えることは無い」

魔族軍はその逆だ。

王国軍が砦を掌握してしまえば、魔族軍の補給路は完全に断たれる。

「あの強固な砦で少しのあいだ防衛に徹するだけで、魔族たちは自壊しますね。油断さえしなければ負けは無いでしょう」

油断は論外だが、ハンネスの言《げん》は正しい。

激戦区にあって、戦力に劣る領軍でも、長きに渡って落とされることの無かった砦なのだ。二か月前の無血開城をただ一つの例外として。

またリンデルには、もう一つ踏み込んだ想定もあった。

飢えた魔族たちが掠奪によって物資を調達するという想定だ。

まさに嗤《わら》うべき事態である。

だが愚かな魔族軍は、組織として徴発に及ぶことは無いだろう。

彼らはそれを選択出来ない。

個人レベルで奪う者たちが現れるだけだ。それも極限まで飢えたすえにようやく。

それでは軍の継戦能力を確保することは出来ない。

リンデルに言わせれば詰みなのだ。

補給を失い、飛び地に取り残された時点で、魔族軍から勝ちの目は消える。

「一時的とは言え、タリアン領をくれてやる甲斐があるというものだ」

領土が奪われることを、気にするふうも無く言うリンデル。

彼の思考は軍略家のそれとは違う。

戦敗をすら政略に組み込んでいるのだ。

そして自身が力を得たうえで魔族を根絶やしにする。

その未来を、リンデルの目は見据えていた。

「ハンネス。エルベルデ河を憶えているか？」

「ええ、もちろん。それがどうかしましたか？」

「いや……もう三年になるのだと思ってな」

「？」

三年前。

リンデルはエルベルデ河で屈辱を味わった。

彼にとって激しい嫌悪の対象であるロルフ・バックマン。

そのロルフが、大功を成したのだ。

中央では、ロルフの行いを戦功と捉えてはいない。

だがリンデルは、ロルフが河の堰き止めを看破するのも、敵陣から帰還するのも、間近で見ていたのだ。

リンデルは理解している。理解せざるを得なかった。ロルフが居なければ敗れていたと。

これ以上ない恥辱であった。

神に棄てられた加護なしが、神に愛されているはずの自分を救った。

まるで体の中に穢《けが》れが宿ったかのような感覚だ。

腹に手を刺し入れ、臓腑《ぞうふ》を掻《か》き出《だ》したくなる。

以降、リンデルは刃を砥《と》ぎ続けた。

ロルフのように、剣技を磨いたわけではない。

剣は目の前に居る敵しか殺せない。そのことをリンデルは深く理解している。

リンデルは、それとは違う戦い方を選んだ男なのだ。

そして三年の間に、人と組織への影響力を大幅に強めるに至った。

彼は、動乱がより深まるこの時、機を逃すことなく動き始めるのだった。


「……………」


ただ、心残りもある。

次代の英雄、エミリー・ヴァレニウス。

彼女は引き込んでおきたかった。

リンデルには、エミリーに対する個人的な興味もあるのだ。

エルベルデ河で見た美しい雷光を、今でも鮮明に憶えている。

「…………まあ良い。今は私自身の権勢を強めることが第一だ」

「え？」

「何でもない」

「しかしタリアン子爵は気の毒ですね。平原を突破されたら、どうにもならないでしょう」

「次代の礎になってくださる子爵に、せいぜい感謝するとしよう」

リンデルは、恩義あるタリアンのためという名目でこの戦いに参加している。

そしてタリアンは、そのリンデルの義心に感謝した。

その信頼も、リンデルがタリアンの中に植えつけ、育てておいたものなのだ。

「彼は良い友だった。まったく得難い存在だよ」

にこりと笑うリンデルだった。

◆

「やはり……！」

シグと共に平原に着いた俺は、予想どおりの光景に迎えられた。

王国軍が潰走し、戦場には勝利した魔族軍が残るのみだったのだ。

それは魔族軍の将たる俺にとって歓迎すべき事態であるはずだが、今は違った。

「ロルフ！　シグも！」

リーゼが俺たちに気づいた。

リーゼとシグは、すでに何度か顔を合わせており、互いを知っている。

「おうリーゼ。まあ見りゃ分るが、勝ったみてえだな」

「うん……でも」

リーゼは困惑していた。

彼女にとっても腑《ふ》に落ちない展開だったのだ。

「王国軍が予想外に薄かったんだろう？」

「そうなのロルフ。まだどこかに居るんじゃないかって、いま改めて周りを索敵させてるんだけど」

「この周りにはもう居ない。敵は軍を分けたんだ」

「え？」

「奴らの狙いはバラステア砦だ」

「え………あっ!!」

リーゼの顔が強張《こわば》った。

これが重大な事態であることに気づいたようだ。

「リーゼ。今すぐフォルカーに会わせてくれ」

すぐにでもこの平原を後にし、バラステア砦に向かわなければならない。

ストレーム領を落とす戦いでは、数日のうちに幾つもの戦いを繰り返すかたちになったが、今回もまた連戦する羽目になってしまった。

「再編の暇は無い。すぐに出なければ」

本来なら危地にあっても、しっかりと時間を使って部隊を整理してから戦いに臨むのが常道だ。

だが今は事情が違う。

一刻も早くバラステア砦に行き、敵が掌握する前に砦を確保しなければ、俺たちはこの地で果てることになる。

「分かった。急ぎましょう」

リーゼは額に冷や汗を浮かべながら頷いた。

それにしても、またもやバラステア砦で戦うことになるとは。

あの砦との間に奇縁を感じる俺だった。

◆

私の隣で、妹のミアが大きな砦を見上げている。

彼女が最初にこの砦を通ったのは、虜囚として馬車に押し込められていた時。

魔族領からアーベルへ連れていかれたのだ。

二度目は逆方向に、アーベルから魔族領へ向けて通った。

ある人に連れられて。

そして今が三度目。再び一度目と同じ方向で通る。

でも今度は、闇へ連れ込まれた一度目とは違う。

人を探しに行くのだ。

それでも妹が心配になり、声をかける。

ここへ来ることで、彼女がつらい記憶に苛《さいな》まれるのではないかと思ったのだ。

「ミア、大丈夫？」

「…………大丈夫だよ、おねえちゃん」

ミアが最初にこの砦を通った時、もう一人の妹、ハンナが彼女と共に居た。

でも今、ハンナはもう、この世界に居ない。

ミアの返答が少しの沈黙を伴ったのは、それを思い出したからだろう。

でも私が居るからね。

その思いを込め、ミアの手を強く握る。

彼女は私を見上げて、小さく頷いてくれた。

それからミアと共に、バラステア砦に入る。

この砦は現在、ヘンセン及びその他の集落群とアーベルの間で、物流の中継地点としても機能していた。

隊商もよく行き来しており、私たちは、その一つに同行させてもらったのだ。

そういった事情があるため、この砦には現在、民間人も多く居る。

軍事拠点らしくない賑《にぎ》わいを見せており、食堂のテーブルでは多くの人が会話に花を咲かせていた。

中には人間の姿もある。

聞いてはいたが、私はその光景に改めて驚きを感じた。

隊商の人が言っていたが、現状、ヘンセン側への輸送等を人間が担うことは無いらしい。でも、この砦に詰め、アーベル側とヘンセン側の物流をコントロールする仕事には人間が就いているそうだ。

商圏が広がり、商機が増えた。

人々は、どこか熱に浮かされたようにそんなことを話し合っている。

そう言えば、以前は見かけなかった香辛料などをヘンセンで見るようになったと、イルマ院長が言っていた。

そういう点において、戦いのあと世界は広がっているように見える。

勿論、戦いは多くの爪痕を残していった。

多くの人が多くのものを失った。私とミアもそうだ。

そして今なお、失い続けている人たちが居る。

それを思えば悄然《しょうぜん》とするばかりだけど、一方で砦の光景は慰めにもなった。

隣のテーブルでは、卓上に書類を広げ、魔族と人間が会話している。輸送の話らしい。

両者に笑顔こそ無いが、建設的な話が出来ているように見える。

ひょっとしたら、彼らはいずれ友人になるかもしれない。私にはそう見えた。

「エーファさん、二時間後ぐらいに出発だよ」

「分かりました」

隊商の人に告げられ、私は頷く。

荷の積み替えを終えて砦を出るまで二時間。

その間どうしようかと思った時、ミアに手を引かれた。

「おねえちゃん……」

「どうしたの？　ミア」

◆

ミアは、砦を見て回りたかったらしい。

当然、民間人が立ち入れる範囲には制限があるが、その限りの中で、彼女はゆっくりと周りを見まわしながら、砦を歩いていた。

ミアは、何でもない壁に手を触れたまま、しばらく佇んだ。

階段を見上げたまま、物思いに耽った。

訓練場を眺めながら、口の中で何事かを呟《つぶや》いた。

彼女が何をしているのか、私にはよく分かった。

ここに居た人の息吹を感じ取ろうとしているのだ。

その人は、ミアと共に暮らす間、毎日ここで働いていたのだから。

会いたい人を求め、小さな体で歩き回るその姿を見て、私は申し訳ない気持ちになる。

ミアを救ってくれたあの男。彼の名前を訊いておけば良かった。

会った時、彼は名乗ろうとしたが、私はそれを遮ったのだ。

――人間の名前なんか興味ないわ

当時、ミアと男の間には魔法による隷属契約があった。

そのため、契約魔法を持つミアが男の名を知ったら、二人の間にある契約がどのような影響を発現するか、分からなかったのだ。

その危険性と、王国法による定めもあり、ミアは男の名を知ることが出来なかった。

しかし私にそんな制限は無い。それなのに名を訊かなかった。私はそのことを後悔している。

名前が分かれば、ミアはもう彼に会えていたかもしれない。

男に会った時は、集落を焼かれ、ミア以外の家族をすべて奪われ、人間への怒りが私の胸を焦がしていたのだ。

だから拒絶してしまった。

そして今なお怒りは消えていない。

でも、それは人間すべてへの怒りじゃない。

あの男はミアを救ってくれた。

それだけに、と私は危惧する。

この情勢下で、生きているだろうか。

もし、その死が判明してしまったら、ミアは……。

……いや、彼は只者《ただもの》じゃなかった。

私に戦いのことは分からないが、もの凄《すご》く強い人であるような気がする。

生きていると信じよう。

「そう言やあ、新任のロルフ将軍が……」

近くで、魔族の男が軍の話をしている。

私は、自分の中の怒りが火勢を増してしまいそうで、軍や戦いの話が聞こえてくると、どうしても耳を塞ぎたくなってしまう。

皆のために戦ってくれている人たちには本当に申し訳ないが、自分の中のドロドロしたものが恐ろしくて、戦いの話を聞きたくないのだ。

それでもあの男を探すため、彼の部下だった人たちはここに居ないかと、砦へ来る道すがら隊商の人に聞いた。

でも残念ながら居ないらしい。

彼の部下たちは、砦を魔族軍が占領した時、武装解除のうえ隔離されたそうだ。

そしてアーベル陥落後は解放されたとのことだった。

もしアーベルで彼らを見つけることが出来たら、手がかりになるだろうか。

どうにかして、ミアの願いを叶えてあげたい。

会わせてあげたい。

妹の姿を見ながら、改めてそう思ったその時。

叫び声が轟《とどろ》いた。

◆

悲鳴と絶叫がこだまする。

みんな、すごく取りみだして走りまわっていた。

椅子がたおされ、荷がくずれ、書類がちらばる。

「王国軍だ！」

「何でだ!?　タリアン領で戦ってるはずじゃないのか!?」

みんなが叫んでいる。

来るはずのない敵が来てしまったんだ。

おねえちゃんが駆け寄ってきて、わたしの手を握った。

「ミア！　逃げるわよ！」

手を握りかえして、わたしは頷く。

おねえちゃんの顔もみんなと同じく、こわばっていた。

「突入された！　防衛隊急げ！」

「くそっ！　駄目だ!!　北の門も押さえられたぞ!!」

兵士のひとたちの、悲鳴まじりの声が聞こえる。

砦の中に、王国兵が入ってきたらしい。

北の門っていうのは、わたし達がさっき入ってきた、ヘンセン側の門のことみたいだ。

「誰も逃がさないってこと……？」

おねえちゃんが小さく言った。

顔にびっしりと汗をかいている。

わたし達は、逃げ道をふさがれてしまったらしい。

わたしの胸に、あの日の光景がよみがえる。

集落が燃やされて、みんな、みんな殺されて。

わたしの大切なものが、ぐしゃぐしゃに壊されてしまった日。

それと同じことが起ころうとしてるって、わたしにも分かる。


体がふるえる。

息が出来ない。

こわい。

今すぐ、うずくまってしまいそう。

今すぐ、考えることをやめてしまいそう。
頭では、あきらめちゃダメって分かってる。
あきらめたら、終わっちゃう。
助けてもらった命が、終わっちゃう。
もう、会えなくなっちゃう。
それはイヤだ。
それだけはイヤだ。

でも。でも。
どうしてもあの日のことを思い出してしまう。
ぜんぶが変わってしまった、あの日のことを。
こわい。
こわいよ。
会いたいよ。
会えないまま、死んじゃうのかな？

イヤだよ。
ぜったいイヤだよ。

自分がすごく危ない目にあってでも、わたしの心を助けてくれた人がいるんだよ。
その人をうらぎりたくない。
だから悲しくても、ちゃんと生きていこうって思ったんだよ。
助けてもらった命で、ちゃんと生きていこうって思ったんだよ。

みんなが怒鳴りあってる。
王国兵が近くまで来てるんだ。
剣と剣がぶつかる音が聞こえる。
おねえちゃんが、真っ青な顔をしている。

こわいよ。
でも、あきらめたくない。
会いたいよ。
どうしても、会いたい。
会いたかったのに、ぜったい会うって決めたのに、終わりたくないよ。
ぼろぼろ、ぼろぼろと涙がこぼれる。
あの日みたいに、涙が。
ダメだ。おねえちゃんが、よけい心配しちゃう。

いつだってわたしのために頑張ってくれるおねえちゃんを、心配させたくない。

そう思ってるのに、涙が止まらない。

体のふるえが止まらない。


会いたいよ！

大丈夫だミアって、言ってほしいよ！

◆

「遅れた部隊には後で合流させせろ！」

馬上で俺は叫ぶ。

隊列を保って整然と進軍している場合ではない。

足の速い者だけでも先行するのだ。

今回、直接の麾下を持たない俺と、同じく単独のシグは、周りを気にせずひたすら先行して馬を走らせた。

そこへ、元々スピードのあるリーゼとその部隊が付いてきている。

俺たちは隊列を乱しながらも、軍の大半でバラステア砦へ向かっていた。

平原にはフォルカーと共に少数が残り、敵が取って返してきたら気づけるよう、警戒態勢を敷いている。
だが、その可能性はまず無いだろう。
敵の狙いはバラステア砦だ。
馬を急がせながら、俺は焦燥を強める。
今のバラステア砦に、大した防衛戦力は無い。
そう長くは持ちこたえられないはずだ。
……そして、俺を焦《あせ》らせるのは、その点だけではない。
予感がするのだ。
正体不明の焦燥感が胸を締めつける。
俺は絶対にそこへ行かなければならない。急がなければならない。
とにかくそう感じるのだ。
叫び声が聞こえるのだ。

待っていろ！　俺は必ず間に合わせる!!

V

「防衛隊！　こっちだ！　民間人を奥へ！」

「ヘンセンに伝令を！」

「駄目だ！　門を押さえられてる！　第一いまヘンセンに軍は居ないんだぞ！」

飛び交う怒号。

すべての声が強い緊張感に満ちている。

その声にあてられるように、震えるミアの手。

私はその手を強く握った。

このバラステア砦は、いまや周囲を自領に囲まれている。

どういうわけか、そこへ王国軍が攻め込んで来てしまった。

私に戦争のことは分からないが、これが想定外の事態であることは防衛隊の狼狽《ろうばい》ぶりを見れば分かる。

「エーファおねえちゃん……」

私を見上げるミアの瞳が揺れている。

あの日のことを思い出しているのだ。
私たちの集落が襲われた、すべてを奪われたあの日のことを。
いや、すべてじゃない。
私にはまだ奪われていないものが、守るべきものがある。
小さな手を強く握って、自分を奮い立たせた。
そして窓に駆け寄り、外を確認する。
「…………！」
駄目だ。
門の周りは王国軍だらけ。
他に脱出できそうな道も見つからない。
いま私たちが居る一階は、もう危険だ。
とにかくまずは、上階に逃れるしか無い。
「ミア、こっちよ！」
「う、うん」
妹の手を引いて走り出す。
分かっている。
上階に行ったところで、逃げ道なんて無い。
私は袋小路《ふくろこうじ》へ向かっているだけだ。

でも、このまま一階に居ても殺されるだけ。

何か他の可能性を求めて、とにかく行動しなければならないのだ。

この世にたった一人残った家族を、ミアを守れる可能性を探して、諦めずに動き続けなければ。

二階を通り過ぎ、最上階の三階へ。

いざと言う時に飛び降りられる二階を逃げるべきかと迷ったけど、とにかく敵から遠ざかる方が優先だ。

そして私たちは広い砦の奥へと走っていく。

怒号の中、防衛隊の人たちが走り回っている。

ここは民間人の立ち入りが禁止されたエリアだけど、私たちを見咎《みとが》める人は居ない。

皆、武器を手に必死の形相で一階へ下りていく。

周りを見ると、他の民間人も、同じように上階へ逃れてきていた。

誰もが顔に、強い焦燥の念を張りつけている。

当然だが、皆、魔族だ。

人間の民間人たちはどうなっただろうか。

私がそれを考えていると、外から言い争う声が聞こえた。

窓に近づき、外を見下ろす。

門の近辺で、人間の民間人が王国騎士に詰め寄っていた。

「ここには人間も大勢いるんだぞ！」

「だから誘導に従って離れろと言っている！　そもそも魔族の軍門に降ったストレーム領の者どもが、偉そうにするな！」

「ふざけるな！　第一、今のここは事実上、民間の商用施設だ！　こんなところで戦うな！」

「戯言《たわごと》を！　寡兵とは言え敵軍が駐留しているだろうが！　そもそも民間であっても魔族は殲滅するのみ！　我欲にまみれた商売人どもは、そんなことも忘れたらしい！」

「もう一度言ってみろ！」

…………。


あれは、さっき輸送について魔族と話し合っていた人間だ。

別に魔族を守ろうとしているわけじゃない。それは分かる。

でも、少しでも時間を作ってくれるのは有り難い。

剣を持つ相手へ食ってかかる彼らの気概に、感謝しておこう。

そう思いながら、私はミアの手を引いて、砦の更に奥へと逃げ込んでいった。

「どこかの部屋に隠れられれば良いんだけど……」

そう言って廊下を見まわす私の手を引いて、ミアが一点を指さす。

「おねえちゃん、あれ……」

ミアが指さしたのは、火のついた燭台だった。

燭台がどうしたと言うのだろうか。

「……火をつけるの。この砦に」

「え？」

私は絶句した。

そんなことをすれば、私たちも危険に晒される。

「どうせ逃げられない」

「……ミア！　諦めないで！　私は絶対にあなたを……！」

詰め寄る私に、ミアはゆるゆると首を振る。

それから、私の目をしっかりと見返して言った。

よく見れば、彼女は少し震えている。

それでも、目は何かの決意を湛《たた》えていた。

「……諦めない。でも逃げ場はぜんぜん無いから……。だったら、混乱しちゃった方が良い」

「え？」

「それに……砦が焼けていちばん困るのは、王国騎士のひとたちだから」

◆

「リンデルさん！　砦から火が！」

「む……」

首尾よく突入し、南北の門を押さえた我々だが、ここで想定外の事態が起きた。

ハンネスの指さす先で、砦が炎を上げ始めたのだ。

泡を食って失火しただけかもしれないが、意図して火を放ったなら、敵も侮れない。

完全に逃げ場が無い以上、混乱を作り出し、包囲に穴が開くことを期待する方がマシだからだ。

しかしそうするにしても、限界まで追い詰められたすえでなければ、こんな行動はとれないはずだ。

まだこちらが上階に踏み入ってもいないうちから状況を動かしにいける者が、果たして魔族兵の中に居るだろうか？

まして砦には、奴らが守るべき民間人も居るのだ。

いや、あるいは、混乱を作るだけではなく、その先も考えたうえでの判断なのか？

「ハンネス。敵が我々の意図を察知したうえで砦を燃やそうとしている可能性はあると思うか？」

「どうでしょう。いまや要衝と言えないこの砦に、そこまで頭の回る者が居るとも思えませんが」

この砦を確保することで、タリアン領へ侵攻している魔族軍を本拠から引き離し孤立させる。それが我々の狙いだ。

だが砦が焼け落ちてしまえば、そのプランも破綻する。

ハンネスの言うとおり、そこまで考えられる者がこの地に居る可能性は低い。

第一、砦の守護という任を帯びた防衛隊が、こうも易々《やすやす》と砦に火を放てるとは思えない。

だが、偶然に期待するのは愚かだ。

たまたま失火したという可能性は無視して事にあたるべきだろう。

何か不確定要素があるのだ。

「ハンネス。敵は意図して砦を焼こうとしている。消火を急ぐよう、第三騎士団の幹部に進言しろ」

「分かりました！」

駆けていくハンネス。

周囲を石造りの防壁に守られてはいるが、砦自体は木造なのだ。

いかな難攻不落も、内部から焼ければその限りではない。

砦を制圧し、消火を急がせなければ。

「リンデル殿！　砦内部への突入に手こずっている！　助力出来るか？」

突入を指揮していた者から声がかかる。

第三騎士団も精鋭ぞろいだが、やはり私の居る第一に比べると落ちる。

元々ユーホルトが居てこそ発揮出来る、集団としての安定感が強みだからな。

「私が出る。前を開けてくれ！」

そう言って私は走り出す。

そして自陣の人波を抜け、敵へ突っ込んでいった。

「『白炎剣《アニヒレイション》』!!」

ごうと音がして、剣が炎を帯びる。

その燃え盛る剣を、敵の先頭に居た男へ叩きつけた。

「ぐぁっ！」

防ぎ切れず倒れる男の後ろから、次の敵が三人、槍を突き込んでくる。

長物三本に対して退がるのは危険だ。私は前転して敵の隊列に飛び込む。

そして膝立ちの姿勢から、再度剣を振るった。

敵たちの悲鳴と共に、豪炎が音をあげる。

次の瞬間、隊列に穴が開いた。

「今だ！　斬り込めぇ!!」

私が叫ぶと、後ろから第三騎士団が突っ込んでくる。

そして怒号を響かせながら、敵の隊列に開いた穴を広げていった。

これで良い。

自らがリスクを負ってこそ、人は動くというもの。

制圧を急がねばならない以上、私も前に出なければ。

それに、ここに居る第三騎士団の者たちは、今後私の部下となる者たちだ。

信頼を獲得しておく必要がある。

「お見事だ！　さすが第一で梟鶴《きょうかく》部隊を率いるだけのことはある！」

「恐れ入る。第三騎士団の諸兄に負けず、私も勝利のために力を尽くす所存だ」

「勝利は近づいたとも！　貴公が見せた迫真の剣閃に、皆、勇気を得ている！」

迫真の剣閃だと？

あんなものが、あの程度のものが迫真の剣閃だと言うのか。

苛立たせてくれる。

迫真と呼べる剣があるとすれば、それは。

それは……。


「…………」

脳裏に、かつて見た光景が蘇《よみがえ》る。

エルベルデ河。

一瞬で肉薄してくる魔族に反応した男が、戦傷著しい身でありながら、完璧な刃筋で振った剣。

加護なしが繰り出した、届くことの無い、意味を持たぬはずの剣。

………認めぬ。

許せぬ。

絶対に。絶対にだ。

女神に棄てられた者は、世界に不要なのだ。

愚昧な加護なしなど、異物でしか無いのだ。

背信の徒に対する怒りが、私の鼓動を早める。

噴き出す感情が肚に渦巻く。

嚇怒《かくど》が、私を支配せんと降りかかった。

「………ふぅー……」

良くない癖だ。

私は、激《げき》しやすい自身の幼さが嫌いだった。
息を吐いて心を鎮める。
感情の池に広がった波紋を落ち着かせ、なだらかな水面《みなも》を取り戻す。
自らの精神を御し切れぬ者が、戦場を、そして戦局をコントロール出来るはずが無い。
それを思い、表情に平静を保ち、私は砦を見上げた。
火が回るスピードが速い。
やはり失火ではないな。
第三騎士団の者たちも、ざわつき始めている。
だが、この程度で狼狽《うろた》えてはならない。
不測の事態は起きるもの。
常に何かは立ちはだかるもの。
最後に果実を手に出来ればそれで良いのだ。
そう考えつつ、私は戦場に歩を進めた。

◆

ミアの発案で、私たちは砦に火を放った。
そして砦の奥へ走る。

広い砦だ。火の手から離れれば、さしあたり煙に巻《ま》かれることは無い。

他の民間人たちも一緒に逃げている。

私たちが同行させてもらっていた、隊商の人たちも居る。

このあたりの廊下には、木材やら油樽《だる》やらが雑多に置かれている。

こちらに火が回れば、火勢は一気に強まるだろう。

その前に、どうにかして脱出方法を見つけたい。

途中、窓から外を確認した。

さっきまで整然と砦を包囲し、門を固めていた王国軍だが、今はその動きに乱れが出ている。

多くの王国騎士が、何かを叫びながら走り回っていた。

明らかに出火が影響している。

このまま包囲に穴が開いてくれれば、チャンスがあるかもしれない。

そんなことを私が思った時。

その淡い期待を嘲笑《あざわら》うように、怒号と剣戟音が一層強くなった。

「これは……近いですな」

「敵は二階まで攻め入ってきたようです！」

一緒に逃げている人たちが、苦虫を噛み潰したような顔で言う。

王国軍は、私たちが居る三階のすぐ下まで来ているようだ。

「みんな！　こっちです！」

声をあげたのは、隊商の人だった。

彼は窓の一つから、下を指さしている。

「防壁に……扉が？」

彼が指さす先、南側の防壁に、両開きの扉がついている。

門とはかなり離れた場所だが、通用口のようなものだろうか。

「あれは搬入口です」

彼はそう告げた。

この砦が死地だったころ、補修用の資材が頻繁にアーベルから搬入されていた。

そしてその高頻度の搬入に対応するため、門とは別に搬入口が必要だったらしい。

「占領後は利用されていませんでしたが、存在はアーベルの商人から聞いていました」

人間から教わっていたらしい。

何にせよ、あの扉から防壁の外へ出られるということだ。それを聞き、皆の顔に希望の色が浮かぶ。

でもミアは浮かない顔をしていた。私も同じ思いだ。

「あの……。つまりあの搬入口は、砦が王国領だったころからあるんですよね？」

王国軍は、あの搬入口のことを把握している。

つまり、あの扉を出た先には王国騎士たちが待ち構えているということだ。

だから隊商の人たちも、あの扉から逃げず上階へ逃れてきたのだろう。

「エーファさん、仰《おっしゃ》ることは分かります。ですが貴方たちのアイディアで火を放った結果、敵の包囲も乱れています。今なら賭ける価値はあるはず」

とても分の悪い賭けですが、とは彼も言わなかった。

分かり切っているからだ。

でも、逃げ場がまったく無い状況から、ほんの僅かでもチャンスを見出せたのは確かだった。

「よし、俺が先に行く。安全が確認出来たら続いてくれ」

そう言って、隊商のリーダーが歩み出た。

そして窓から出て、雨どいを伝って下りていく。

地面に辿り着くと、慎重に周囲を見まわしてから、防壁の扉へ近づいた。

その姿を、皆が窓から固唾を呑んで見守っている。

リーダーは扉に手をかけ、慎重に開く。

そして両開きの扉に出来た隙間から、外を覗き込む。

私たちの生死が決まるかもしれない瞬間。

皆の緊張が限界まで高まる空気を感じた。

ややあって、リーダーは振り向く。

そして、冷や汗にまみれた顔に硬い笑みを浮かべ、親指を立ててみせる。

あの搬入口の向こうに、王国軍は居ないのだ。

皆が安堵《あんど》の息を大きく漏らした。

私たちは、九死に一生を得たらしい。

私も一つ息を吐《つ》いて、傍らのミアに目を向けた。

「ミア……？」

ミアの表情は強張っていた。

彼女の視線を追って、私も廊下に目を向ける。

そこに居た。

王国騎士が数人。ついにこの階まで上がってきたのだ。

「貴様ら!!　逃がさんぞ!!」

彼らは、相手が民間人であっても決して見逃さない。

魔族はすべて〝誅殺《ちゅうさつ》〟か、さもなくば捕らえて奴隷にするのみ。

あの王国騎士たちはまさに、私がよく知る種類の人間なのだ。

この砦で魔族に歩み寄りつつあった人間たちとは違う。

ましてやミアを救ってくれたあの男とは比べるべくも無い。

「うわぁぁーーー!!」

「見つかったぞ！　急げ！」

「嬢ちゃん！　あんたは俺が背負って――――」

皆が半ば恐慌に陥る中、ミアが信じられない行動をとった。

私の手を放し、王国騎士の方へ駆け出したのだ。

「ミア!?」

ミアの小さな手。

陶器瓶を片手で持つのも難儀する小さな手が、廊下の端にあった油樽を掴んだ。

その意図が分からず、咄嗟《とっさ》に行動を選択出来ない私をよそに、ミアは必死の形相で樽《たる》を引っ張る。

「くっ……！」

危機的状況で、十分以上の力が出るというそれだろう。

ミアは、重い油樽をどうにか傾け、そして倒したのだ。

樽の蓋が外れ、油が廊下へぶちまけられる。

同時に、やっと私はミアへ向けて走り出した。

そして彼女は、壁の燭台を外し、床へ投げつける。

たちまち炎は広がり、廊下を火の海にした。

その光景に瞠目《どうもく》しながら、胸の中で妹に問う。

どうして、そんな行動に踏み出せるの？

いつの間に、そんなに強くなったの？

ミアはさっきまで震えていた。

いや、今も震えている。怯《おび》えている。心底から怖いと思っている。

表情を、瞳の揺れを見れば一目瞭然だ。

それでも。

生きるための行動を自ら選び取っている。

恐怖に心臓を摑まれながらも、耐えて、そして動いている。

元々聡明《そうめい》で前向きな子だった。

でも、この強さはどうだ。

常軌を逸する絶望を知り、そして生きて帰ることで強くなったのだろうか。

それとも……強さを教わったのだろうか？　あの男に。

いずれにせよ、この子は生きなければならない。

分かる。私の妹は、価値ある子だ。

それを思い、走りながら手を伸ばす。

ミアも炎を逃れ、こちらへ走ってきた。

他の皆は、飛び降りるように窓から外へ出ていく。

「嬢ちゃんたち！　急げ！」

隊商の人が大声で呼びかける。

それを背に、私の手がミアに触れる直前。

炎をかき分けて現れた王国騎士がミアの髪を摑んだ。

「あっ！」

「ミアぁっ‼」

「逃がさんぞ貴様‼」

赤く炎に照らされた男の顔は、更に憤怒の赤に染め上げられている。

他に数人の王国騎士が後ろへ続いた。

「躊躇《ちゅうちょ》も無く火を放つとはな！　娘！　元々の出火も貴様の仕業か！」

「ハンネスさん！　火勢が強すぎる！　向こうへ！」

ハンネスと呼ばれた男は、ミアを捕らえる手を怒りに震わせている。

その時、他の油樽に火が移り、廊下は更に燃え上がった。

炎は轟音《ごうおん》と共に噴き上がり、煙が立ち込める。

私とミアを、炎の壁が隔てた。

壁がばきりと音を立て、崩れていく。

そしてミアと王国騎士たちは、炎と煙の向こうへ消えてしまう。

「こっちだ！　来い！」

「ミアあぁぁーーー!!」

「駄目だ！　死ぬぞ!!」

私は半狂乱で炎の中に飛び込もうとする。

そんな私を、隊商の人が後ろから羽交い絞めにして止めた。

あの日。

私たちの集落が襲われた日。

私は養護院に行っていて、家族と一緒に居てあげられなかった。

だから今度こそ。今度こそ手を放さないと決めたのに。
私にたった一つ残された宝物だけは、絶対に守るって決めたのに。
それなのに、皆で生き延びるため、あの子は必死に行動して。
私はそれを見ているだけで。
どうして私はこんなに弱いの!?
どれだけ奪われれば目が覚めるの!?
「うあああぁぁぁぁーーー!!」
助けて！　誰かあの子を助けて！
大事な子なんです！
優しくて、いつだって自分以外を思いやれる子なんです！
それなのに、それなのに悲しい目に遭って！
それなのに傷ついて！
「あああああぁぁぁぁぁぁーーーー!!」
慟哭は、ただ炎の中に響いた。

◆

バラステア砦へ急ぐ俺たち。

俺と共に先行しているのはシグとリーゼ、そしてリーゼ隊の者たちだ。

本隊はやや遅れて付いてきている。

それにしても胸騒ぎがする。

急がなければ取り返しがつかないことになる。それは分かっている。

砦を奪《と》られたら、こちらは全軍が危機に陥るのだ。

だがそれだけじゃない。

何故かは分からないが、とにかく俺は急がなければならない。

何かが俺を駆り立てるのだ。

一秒でも早く、あの砦に行かなければならないのだ。

それを思いながら、馬上で俺は、改めて今回のことについて考える。

そして自分の見通しの甘さを悔やんでいた。

出し抜かれてしまった。

フリーダからの手紙を受けて、タリアン邸を突くという行動に出ていなければ、俺は敵の思惑に気づくことも出来なかっただろう。

敵の戦略は、自領を捨てるという本来あり得ない前提に立ったものだ。

どうやら敵の中でも意志の統一が為されておらず、その結果として、彼らはタリアン領を犠牲にした策を選んだのだ。

この事態はかなりのイレギュラーだった。

だが、それを理由に自身を納得させることは出来ない。

そもそも、王国も完全な一枚岩であるはずが無いのだ。

彼らの中で、異なる行動原理を持つ者たちが異なる挙に出る可能性には気づけたはず。

それなのに、俺はそこを考えなかったのだ。

結果、敵に砦を突かれている。

もし砦が掌握される前に彼らを撃退出来なければ、俺たちは飛び地で枯死させられてしまう。

自分が不甲斐《ふがい》ない。

俺は一軍を任されているのだ。

ただ一剣を取って戦っていた時とは違う。

俺の過誤は、俺を信じる者たちへ害となって降りかかるのだ。

これでは、俺への信頼が過分なものであったことを証明したようなものではないか。

俺は……。

「おい！　おいロルフ！」

悔恨に沈む俺の思考を、怒声が引き戻す。

隣の馬上から声をあげているのはシグだった。

「要らねんだよそういうの！　反省だけしてろボケ！」

「…………！」

犬歯を剥《む》き出《だ》しに叫ぶ表情と、その迫力ある声が、俺の心臓に蹴りを入れる。

痛烈だった。

だが、馬上だから怒声で済んだのだ。

そうでなければ、シグは俺の胸ぐらを摑み、頬を張り飛ばしていたことだろう。

いつもシグに纏わりついている少年、アルノーのことが思い浮かんだ。

シグにもヘンセンに守るべき者が居り、焦燥に近い感情もあるはずだ。

だが、悔いても何も始まらないと、彼には分かっている。

そうだ。この男は正しい。

反省は必要だ。繰り返さないよう、省みなければならない。

だが悔恨には意味が無い。彼の言うとおり、そんなものは要らない。

悔やみ、思い悩むことで、何になるというのか。

そもそも、俺はきっとこう出来たはず、などと考えるのは思い上がりだ。

出来なかったのだ。その事実を受け止め、そして、すべきことをするのだ。

それと重要なことを忘れてはならない。

いま敵の思惑に気づいて砦に向かっているのは、偶然の結果などではないのだ。

フリーダは、俺を信じたから助けを求めてくれた。

その結果、俺たちはタリアン邸へ突入することになった。

そしてそこで、同じく俺を信じてくれるカロラから、敵が北を突こうとしていることを知らされたのだ。

これは下らぬ運命論とは違う。

紡いできた縁があって、信頼があるから、ここへ至れたということだ。

歩んできた道が意味を成し、その結果、俺はギリギリのところで敵の思惑に気づけたのだ。

それを忘れてはならない。

その道を途切れさせないため、俺は持てる力のすべてを使って戦う。

砦へ急ぎ、敵を倒し、そして守るべきを守るのだ。

決意を新たに前を見据える。

まもなく砦に着くはずだ。

そう考えるや否や、リーゼとシグが声をあげた。

「ロルフ！　あれ！」

「はっ！　こういう展開かよ！」

前方にバラステア砦が見えてきた。

幸い、敵はまだ砦を掌握出来ていない。

それどころか、その砦からは火が上がっていた。

砦を確保したい王国軍が、その砦を燃やすはずが無い。

失火か、あるいは魔族側があえて火を放ったのか。

いずれにせよ、あれは好材料だ。

王国軍の足並みは見るからに乱れている。

「ロルフ！　策はあるの!?」

「正面突破だ！　敵の隊列は崩れ、門の周囲も薄い！　一気に突入し、敵を排除する！」

「いいねえ、正面突破！」

「中には民間人も居るし、時間が無い……。それしかないわね！　よし、いくわよ！」

俺たちは、意を決して敵の隊列に飛び込んでいった。

◆

私は、ロルフとシグ、それに私の部下三十余名と共に、敵が布陣するバラステア砦へ突っ込んだ。

火勢に狼狽える敵の虚を突き、一気に門を突破する。

そして門の内側へ飛び込んだ私たちを出迎えたのは、敵軍と砦の防衛隊が戦っている光景だった。

防衛隊も敵を押し返そうと頑張っているけど、隊列はだいぶ崩れている。

すでに砦内部への敵の侵入を許してしまったようだ。

「ロルフ！　敵がもう中に！」

「俺が突入する！　内部に侵入した敵を掃討しつつ、民間人を助ける！」

そう言ってロルフは馬から飛び降りた。

私たちも下馬し、すぐさま戦闘に入る。

「リーゼ！　ここを頼む！　防衛隊の指揮系統が死んでるから、彼らと連携してくれ！」

ロルフはそう叫んで走り去った。

見ると、確かに防衛隊には指揮が利いていない。

彼らを立て直して、こちらの指揮下に組み入れる必要がある。

それでも数ではだいぶ劣るが、ここに居る私の部下たちは最精鋭。

無茶な行軍にも付いてくることの出来た、直接の麾下《きか》だ。

それに、ロルフが認めるこの男も……ん!?

「おぉぉぉうるぁぁぁぁーーーー!!」

「何やってんのよアンタ!?」

シグがいきなり敵の隊列に突っ込んでいった。

そして、瞬く間に三人を斬り伏せる。

凄い強さだけど、そんな場当たり的な戦い方では……。

「隊長ーー!」

え?

シグが倒した中に敵の部隊長が居たらしい。

中級指揮官だったらしく、敵たちが血相を変えている。

ぱっと見では、そこに指揮官が居るとは分からなかったけど、シグは気づいたみたいだ。

そう言えば、彼には〝嗅覚〟があるってロルフが言ってた。

「ボサっとしてんじゃねえ！　動けハゲ！」

ハゲとはひょっとして私のことだろうか。

どう考えてもハゲてはいないんだけど、私の目を見て言ってるし、私のことらしい。

まあ、アイツとはあとで話し合うとして、今は行動しなければ。

「防衛隊のみんな！　聞こえる？　ヴィリのリーゼよ！」

まだ敵を押し返すべく踏み留まっている防衛隊に、大きく声をかける。

圧倒的不利な状況下で、この時点まで頑張ってくれている彼らは、心身ともに間違いなく強者だ。

しっかり連携をとることが出来れば、頼もしい存在となるに違いない。

「左に寄って、隊列を固めて！　こちらとの挟撃を意識して！」

あえて敵に挟撃の意図を知らせ、意識を分散させる。

防衛隊は疲労を蓄積させながらも、私の声に反応し、表情に戦う意志を見せてくれた。

そして彼らが隊列を組み直すのを確認し、私は部下と共に突っ込む。

「いくわよ！」

◆

「せぇあっ!!」

俺は敵を斬り伏せながら砦の内部を走っていた。

火の手はなお勢いを強めているが、まだ敵は多い。

だが廊下で会敵するぶんには、多対一の状況になりにくい。

連戦と強行軍の疲れはあるが、まず負けはしない。

敵を倒しつつ、民間人も救わなければ。

そう思って三階まで来たが、今のところ民間人は見つかっていない。

だが幸いなことに、遺体も無かった。

人々は敵から逃れて三階まで来ていると思ったが、首尾よく脱出してくれたのだろうか。

もしそうなら有り難いのだが。

それを思いながら、ばちりと火が爆《は》ぜる廊下を走る。

このあたりは火の回りが早い。

それにしても、畏塊熊《イカイグマ》の革の耐火性能は大したものだ。

火の近くでも、まったく行動を阻害されない。

この外套を仕立ててくれたディタと、彼女に優しさを教えた母君に感謝せねば。

「貴様！　ロルフ・バックマンか!?」

「こちらへ来ていたとはな！」

王国騎士の多くは、俺の素性に気づいた。

このデカい体と黒い剣は目立つうえ、そもそも敵対する人間である時点で、今は俺とシグしか居ないからな。

あくまで〝今は〟だが。

「ぐぁっ!?」

斬りかかってくる王国騎士を、俺は都度、倒していった。

そして倒した敵の亡骸を踏み越え、なお走る。

敵には何度も会ったが、未だ民間人は見当たらない。

やはり脱出できたのか？

そうであれば重畳《ちょうじょう》だが、どうにも安心出来ない。

焦燥感を俺にもたらしていた存在が、今もまだ何かを言っているのだ。

「いや……だが、何だ？　…………分からない。何か……どこだ？」

燃える廊下に立ち止まり、呟く俺。

俺は今、明らかに要領を得ない行動をとっている。

だが、無視出来ない何かが、俺に語りかけてくるのだ。

「何を言っている？　俺にどうせよと言うんだ？」

何なんだ。

言っておくが、俺は女神を信じない。

お前が何者かは知らないが、この戦いは、大地に生きる者たちが自らの責において――

「……下？　下とはどういう意味だ？」

どうにも煩わしい。

俺は今、急いでいる。見れば分かるだろう。

何だ？　それは怒りか？

悪いが、高みから人を見下ろすような存在の怒りを買ったところで、俺はどうとも思わん。

「分かるように言え！　勿体ぶるな！」

まわりくどい奴だ！

用があるなら手早く、そして簡潔に伝えろ！

俺に何かを求めているのか？

「この下か？　この下なんだな!?」

悠長に話している場合じゃないんだ！

そこに約束が居るんだろう!?

助けを求めているんだろう!?

「もういい！　黙ってろ！　呼んでいるんだ！　俺を!!　呼んでいるんだよ!!」

俺は煤の剣を振り上げ、その超重量を全力で足元に叩きつける。

床は、ばきばきと音をあげて崩れ去った。

◆

「リーゼさん。防衛隊はまだ士気を保っています。これなら上手く挟撃出来そうです」

副官のモニカがそう言う。

年上で私より背が高く、目尻の下がった優し気な面立ちの女性だ。

包容力を感じさせる穏やかな物腰ながら、戦場では凄く頼りがいがある。

部隊運用に優れていて、私の意図を完璧に汲《く》んで麾下《きか》を動かしてくれるのだ。

「分かったわ！　ただ無理に討ち減らそうとはしないで！　本隊到着まで待てば勝てるから！」

私たちは、砦を掌握される前に突入することが出来た。

その時点で、最大の危機は潰せている。

この砦を完全に掌握され、籠城戦に持ち込まれていたら、たぶん詰みだった。

ツキもあった。

砦から出火があり、敵の隊列が乱れていたおかげで、私たちは容易に門を突破し、防壁内部に入ることが出来たのだ。

今いるここは、広い砦の広い前庭《ぜんてい》とは言え、空間に限りのある防壁内部だ。

おかげで数の不利を大幅に緩和出来る。

それに、戦況を支える好材料がもう一つ。

「オラァ!!」

ガラの悪いかけ声と共に、敵を斬り伏せるシグ。

好き放題に暴れているようでもあるけど、注意深く見れば、敵の嫌がるポイントを痛打していることが分かる。

まるで獣が獲物の喉笛を狙うみたいに、陣形の急所を的確に突いていくのだ。

ただ、考えてそれをやっているようでもない。

戦況を大摑みして、感覚を頼りに行動を決めているようだ。

天賦の才とは、ああいうのを言うんだろう。

彼の居たザハルト大隊が、如何《いか》にとんでもなかったかが分かる。

あのウルリクという男も凄く強かったし、更にエストバリ姉弟も居たのだ。

ロルフが居なかったらどうなっていたことか。

「斬られてぇ奴から前に出ろや！」

「ぐっ……！」

シグがぐいぐい前に出る。

どうやら彼の武器は剣だけじゃない。

全身から発する物凄いプレッシャーが、戦況に大きく影響している。

シグを前にすると、格下の敵たちは一瞬、二の足を踏む。行動の選択を迷うのだ。

「せいっ！」

「ぐぁっ!?」

おかげで、私や部下たちが斬り込む隙が出来ている。

これは有り難かった。

狙った相手を潰しやすい。

「『火球《ファイアボール》』！」

その狙うべき相手の一人、敵の魔導士が詠唱する。

すると彼の頭上へ火の玉が生成された。

でもその火球が完成を見る前に、私は隊列の隙間を縫って魔導士に斬りかかる。

「がはぁっ!?」

魔導士の絶命と共に、火球も消え去った。

現状、敵の隊列は乱れ、彼らは前衛が魔導士に時間を作るという基本戦術を採れなくなっている。

「リーゼ隊！　左翼側へ！　残りの魔導士を叩いてください！」

斬り込んでいる私に代わり、モニカが指示を飛ばす。

私がこうしたい、と思ったとおりの指示だった。

それに従い、スピードのある部下たちが、すぐさま他の魔導士を捕捉し、前に出た。

「立て直せ！　魔族の女などにやられるな！」

「だ、だがあの男が……！」

「人間ではないか！　あの大逆犯同様、魔族に与《くみ》するというのか！」

「よそ見してんじゃねぇ！」

崩れる敵を、シグが更に叩く。

前衛に穴が開き、そこへ飛び込んだリーゼ隊が魔導士たちを討ち取っていった。

「ぎゃあぁ!!」

私は魔法の処理が苦手で、ヘンセンでもだいぶ苦戦した。

それは部下たちにとっても同様で、やはり魔法は面倒なのだ。魔導士は優先して潰したい。

そしてその思惑は、上手くいっていた。

魔導士の中には、詠唱のタイムラグもクールタイムも無しで魔法を放ってくるような恐ろしい連中が居るけど、幸いここにそのクラスは居ない。

そこまでいくと総隊長級だからね。

そう言えば、アーベルの収容所でロルフが撃退したという彼の妹は、魔導部隊の総隊長らしい。

一撃でも食らったらヤバい彼がどうやって勝ったのか……と思ったけど、そうか。彼は魔法を斬ることが出来るんだった。

とは言え、飛来する魔法の尽くを剣で捉えるというのも非現実的に思えるけど……まあ、彼はそれをやれてしまうのだろう。

彼の剣の腕は、煤の剣を持つに相応《ふさわ》しいものなのだから。

あの剣。私も触ってみたことがあるけど、やっぱり手が焼けて持てなかった。

今なら分かる。選ばれなかったんだ。

思うに、きっと何かがロルフを選んだんだろう。

いや……少し違うかな。その何かは、ずっとロルフを待ってたのかも。

私はロルフを竜の子じゃないかと少し疑ったけど、彼は否定した。

それどころか、彼は自分が特別な存在であることを否定したがる傾向にある。

誰もが自分を特別と信じたいのに、彼はそれを嫌がるのだ。

一人の、ただの男が、この世界で役割を全う出来るって、それを証明したがってるように見える。

ならば私にも役割はあるはず。

そう思って、双剣を握る手に力を込めた。

「ボケっとしてんじゃねぇぞメスガキがぁ！」

私の意識を戦場に引き戻したのは、襲いくる敵の怒声、じゃない。

シグだ。

ほんと何なのアイツ。

何よメスガキって。初めて聞く単語なんだけど。

「分かってるわよ！」

でも私もモニカと同様、大人の女性なので、この場で食ってかかりはしない。

敵を倒しつつ、いったんそのモニカのもとへ戻り、確認する。

「中衛、前に出せそう？」

「はい。余力はあります。前衛と替えますか？」

「ううん。中衛を前衛の右側へ展開させて。こちらが薄くなっても良いから、敵の陣形を広げさせるの」

「分かりました。中衛、右前方へ！　出すぎないで！　後衛は中央から左翼よりを支えてください！」

こちらの動きに引っ張られ、敵の隊列が左右に伸びる。

必然、薄い箇所が幾つか出来上がり、そこへすかさず野獣が飛び込んだ。

「うぅるぁぁーー!!」

暴風雨の如《ごと》く敵に惨禍を振りまくシグ。

がしゅがしゅと肉が断たれる音を巻き上げながら、敵を削っていく。

「素敵な殿方ですね」

頬に手をあて、意味不明なことを言い出すモニカ。

自分の上官がメスガキ呼ばわりされたのを聞いてなかったのだろうか。

彼女の嗜好に口出しはしないけど、私としては、もっと落ち着きがあって思慮深い男性が良いと思う。

強ければなお良い。

「はーーーっはっは!!　どうした、その程度かァ!?」

まあ、ワイルドなのはモテるらしいし、ああいうのが良いって人も居るか。

◆

わたしは、二階の奥にあった部屋へ連れてこられていた。

火のいきおいが強い場所から離れ、外へ向かうのかと思ったら、同じく火に包まれつつある場所に来ていた。

そうまでして来なければならない理由があったみたいだ。

資料室のような場所。

王国騎士の人たちは、ここが焼ける前にだいじな資料を持ちだそうとしてるらしい。

「ハンネスさん、ここの資料を回収すれば良いのか？」

「ああ。ここにある戦闘ノウハウは焼ける前に回収しろと、リンデルさんからの命令だ」

「必要なのか？　あの加護なしの大逆犯が蓄積したノウハウだろう？」

「だからこそ……とのことだ。重要なものは、先に持っていってくれ。あとの者は残って回収作業を続行だ」

「分かった。このあたりも火の回りが早い。急げよ」

そう言って、何冊かの資料を抱えた騎士が走っていった。

入れ違いに、別の騎士が駆け込んでくる。

「ハンネスさん！　敵の増援が来た！　半壊してた砦の防衛隊も息を吹き返しやがった！」

「人質を使う。民間人の喉元に刃をあてて下がらせるんだ。見ろ、捕らえてある。一人とは言え効くはずだ。奴らはガキが殺されるのを特に嫌がるからな」

ハンネスと呼ばれた人が、わたしの手を強引に引っ張る。

わたしを人質にする気みたいだ。

引かれる手に痛みを感じながら、わたしは引き離されてしまったおねえちゃんを心配する。

おねえちゃんも、わたしを心配してるに違いない。

あの日。集落が襲われたあの時。
おねえちゃんは養護院に行ってて、家族と一緒に居られなかった。
おねえちゃんは、それをすごく後悔してる。
今度こそ、わたしを守るって決めてる。
それなのに、わたしはおねえちゃんから離れてしまった。
心配かけたくないって思ったのに。そう決めたのに。
でも行動しないと、わたしも、いっしょに居たみんなも危なかった。
王国騎士の人たちをみんなから引き離さなきゃならなかった。
そう思うと、からだが勝手に動いたんだ。
その結果、おねえちゃんを悲しませることになってしまった。
せめて、無事に逃げてくれたかな。
ぜったいに逃げてほしい。
おねえちゃんはわたしが大事だけど、わたしもおねえちゃんが大事だから。
「それと援軍の中に、奴が、ロルフが居るようだ」
「はん。そうか、来たのか。面白い」
ロルフ。その名前は知ってる。新任の将軍さまだ。
慰霊碑を建ててくれた優しい人で、そしてすごく強いって聞いてる。
もしかしたら、助けてくれるだろうか。

そんなわたしの淡い願いをかき消すように、声がかけられた。

「おい、娘」

声の主は、ハンネスという人だった。

すごく冷たい目がわたしを見下ろしてる。

「火を放ったのはお前だな？」

「…………」

目と同じく、声もすごく冷たい。

その冷たさに、わたしは何も答えられなかった。

でも、この人は質問してるわけじゃない。

ただ事実を確認してるだけ。

それには、わたしの表情を見れば十分なようだった。

「ふん……。何故やった？」

「…………」

「……娘」

「……王国のひとたちが……慌てれば、逃げられるかもしれないと思って……」

「それだけか？」

「…………」

「…………」

彼は、剣をわたしの喉元に突きつけた。

恐怖が、こわい記憶が、一気におそいかかってくる。

「う……うぁ……」

「答えろ」

「……砦の、砦のみんなが、魔族軍がタリアン領までせめこんでるって……。だから、王国軍は砦を占領して……魔族軍をとじこめようとしてるんだと思って……」

「お前は気づいたわけだ。我々がこの砦を確保し、魔族軍を孤立させようとしていることに」

「…………」

こわい。

唇がふるえる。膝がふるえる。

「そうか……」

彼は剣をひいて、うしろを向いた。

それから少し押し黙ったかと思うと、近くの壁を蹴りつけた。

ばきりと音がして、木の壁にひびが入る。

「こんな小娘が！　我々の策を！　あの方の策を解するとはな！　ユーホルトをすら欺いたあの方の策を！」

「お、おいハンネスさん！　誰かに聞かれたら……！」

「我々以外に聞いているのはこの娘だけだ!!」

まわりの騎士たちが慌てるのにもかまわず、怒鳴り散らしている。

彼にも信頼する人が居るみたいだ。

その人の計画を、わたしが傷つけたと思ってる。

そしてこの人は今、聞かせてはいけないことを言ってるらしい。

それをわたしには聞かせてもいい、ということは、つまりわたしを生かしてはおかない、ということ。

恐怖が、どんどん膨れ上がっていく。

彼は振り返ると、わたしに近寄り、そして髪の毛をつかみ上げた。

ものすごい怒りを表情にうかべて、わたしをにらみつける。

「残念だったな。これだけ大きな砦だ。火は回っているが、全焼とはいかぬ。拠点として機能するだけの箇所が残り、防壁があれば、計画に差し障りは無い」

「で、でも……」

「何だ？」

「……でも、増援がきたって……さっき、言ってました」

そう言ってしまった。

ただ殺されるよりは、何かを信じたくて。

みんなを助けようと戦ってくれてる、将軍ロルフさまが来てくれるかもしれない。

いや、もしかしたら、もしかしたら、どこからかあの人が来てくれるかもしれない。

そんなあり得ない、ばかみたいな夢想。

でも、そんなものでも、縋《すが》りたかった。

「貴様……」

髪の毛をつかむ手にぎりぎりと力をこめ、それから彼はわたしを投げ出した。

わたしは声をあげ、床に尻もちをつく。

「あぐっ……」

「やはり魔族をただ生かしておくのは背信か。人質に使うとしても、目を潰すなり、耳を削《そ》ぐなりしておくべきだろうな」

そう言って、彼はわたしに剣を向けてくる。

床に座りこんだまま、わたしは後ずさった。

「う……うぅ……」

こわい。

心臓がどくどく言ってる。

まわりの火がこんなに熱いのに、全身の血がひどく冷たい。

「どうした？　叫んでみろ。許しを乞うてみろ」

壁まで後ずさり、わたしは追い詰められてしまう。

目の一センチぐらい手前に、剣先が突きつけられた。

その目から、涙がぼろぼろと零れる。

あの日もこうやって、剣に涙した。

「う……うぐ…………」

どうしてそれを選んだのか分からない。

わたしは、許しを乞わなかった。

恐怖に全身を支配されながら、でも叫び声をあげず、目を閉じもしなかった。

剣先が目から離れ、少し下へ向く。

「……そうか。では、やはり死ぬか」

わたしの心臓へ。

まわりの騎士たちの表情は、わたしを蔑むものだった。

そしてハンネスという人の顔には、ただ怒りがあるだけ。

火はますますいきおいを強めている。

その火が、怒りに満ちた彼の顔を、赤くゆらゆらと照らしていた。

同じく剣も、赤いゆらめきを反射していた。

ばちばちと火が爆ぜ、火の粉が上がる。

赤い剣先が、わたしの左胸にあてられた。

この人が本気だって、わたしにも分かる。

人質を失うことになっても、わたしを殺すことが優先になってしまったんだ。

彼と、彼の大事なものに関する、ゆずれない誇りを、魔族が傷つけた。

彼はそれが絶対にゆるせない。
それでもわたしは、命乞いをしなかった。
たぶん、したところで殺される。
でも、それだけでなく、どうしてか、彼に許しをねがう理由が見つからなかった。
「ではな。死ね」
ゆっくりと、剣が突き込まれようとしている。
おねえちゃん、大丈夫かな。逃げてくれたかな。
他のみんなも、無事でいてほしいな。

…………。

…………。

——会いたかった、な…………。

激しい衝撃。

わたしを襲ったのは、痛みではなく轟音だった。

数メートル横に木の破片が降りそそぐ。

天井が崩れたみたいだ。

焼けて崩落したのだろうか……。

部屋中に、たくさんの煤がふき上がっていた。

煤は、崩れ落ちてきた場所を中心にして、渦を巻くように舞い散る。

炎が真っ赤に染め上げた部屋の中で、まるでその赤を圧倒するみたいに、黒い煤が舞い上がる。

その黒はどこまでも真っ黒だった。

闇だって塗りつぶすように見えるその黒は、とても力に溢《あふ》れていて、でもどういうわけか、とても優しい。

火の粉を平伏《ひれふ》させるみたいに宙を舞う煤。

風格のあるその舞いは、わたしや騎士たちから言葉を奪った。

そして煤は、中心からきれいな放物線を描いて、薄く消えていく。

まるで、その中心の何かを見せびらかすように。

そこにあったのは、大きな背中だった。

どくんと、心臓が跳ね上がる。

はげしい鼓動は、向けられた剣のことをわたしに忘れさせた。
代わりに場違いな疑問が頭に浮かぶ。
すごく深い黒をなんて言うんだっけ。
……そう、漆黒だ。
煤が消えて、炎の赤が支配を取りもどした部屋。
でもその真ん中に、何者にも侵されない漆黒があった。
それは何度も見た背中。
夢で追いかけた背中。
見間違えようのない、大きな背中。

「あ……あ…………」

それは、大きな。

わたしの、大きな――――！

◆

落ちた先。

周囲には、かなり火の手が回っていた。

振り返ると、そこには騎士たちが居る。

うち一人は、剣を突き出していた。

突き出す剣の先には、涙を零す少女が。


「…………」

許せぬ光景を前に怒りが湧き上がる。

分かっている。心を怒りに囚われてはならない。

理性なくして戦場に立つことなど、決してあってはならない。

……だが、今日は別だ。

俺は、例外に身を委ねることにした。

「ミア……。目を閉じてくれ」

そこに居た少女。

俺を見たまま言葉を失っている少女に声をかける。

彼女はすぐさま瞼を閉じてくれた。

少女に剣を向ける騎士が、怒りを露わにする。

「貴様……！　ロル――」

お前の台詞に、微塵《みじん》も興味が無い。

それより、その剣は何のつもりだ。

騎士との距離は約四メートル。

完全に間合いの中だ。

俺は一瞬で踏み込み、下段に構えた剣を上へ振り抜く。

騎士の右腕は、剣を持ったまま胴体に別れを告げた。

「つが……!?　ぁ……!!」

彼が仰向けに倒れるのと同時に、別の騎士が二人、斬りかかってくる。

ふざけたものだ。

幼い少女を大勢で取り囲むような輩《やから》が、剣を持って一体何をしようというのか。

俺は二人へ向け、全力の横薙ぎを放つ。

剣が、騎士の体を鎧ごと上下に両断した。

そのまま黒い刀身はもう一人の騎士へ叩きつけられる。

「おおおおおぉぉぉぉぉぉぉっ!!」

ばきごきと骨が砕ける感触を残しつつ、彼の体は壁へ吹き飛んだ。

喧《やかま》しい音をあげながら、彼は燃える壁を突き崩し、その中へ消える。

怒りは俺に、間を置くことを許さなかった。

この呼吸の中で、まだ剣を振れる。

流れを切ることなく、俺は前方にまっすぐ踏み込んだ。

ずしり、ばきりと響く音。

俺が踏み込んだ場所で、床板が割れたのだ。

床の脆《もろ》さに構うことなく、剣を上段から振り下ろす。

そこに居た騎士は、同じく上段に構えた剣を動かす間も無く、胸から腹にかけてを大きく斬られた。

血と共に命を吐き出して倒れゆく騎士の後ろから、三人の敵が襲いくる。

部屋に満ちる炎が、彼らを赤く照らす。

瞳の中に火の色のゆらめきを湛《たた》え、雄叫《おたけ》びをあげる騎士たち。

炎に高揚しているようだ。

だが俺に言わせれば、この炎はこいつらを彼岸にやる送り火でしか無い。

一本目の剣を半身になって躱し、二本目を下から煤の剣でかち上げ、三本目を払い落とす。

一秒に満たぬ時間の中でこれらを行い、そして同じく、一秒に満たぬ時間の中で、返す刀を見舞う。

首に一閃、袈裟《けさ》懸《が》け一閃、逆袈裟《けさ》一閃。

どさりどさりと倒れる騎士たちを背に振り返り、ここで呼吸を吐き切った。

「はぁーー…………」

一呼吸の中の攻撃で、七人が倒れ伏した。

残りの騎士は三人。炎を背にじりじりと間合いを測っている。

彼らはタリアン邸で戦った敵と同じ、第三騎士団の者たちだ。

弱いはずが無い。

だが関係ない。何故なら俺は怒っている。

怒りなど、剣を濁らせるものでしか無いはずだが、思いのほか世界がクリアに見えていた。

そう言えば稀《まれ》に、怒りが極まると、激昂とは逆に冷たく目を細める者が居る。

俺もその手合いだったのかと少し意外に感じながら、しかし怒りを萎えさせること無く、剣を叩きつけた。

「あがっ!?」

向かってきていた騎士の頭が、兜《かぶと》ごと真っ二つに割れる。

そして突き込まれる二本の剣を後ろに跳んで躱し、すぐさまこちらも突きを繰り出す。

騎士の鎧を破り、脊椎を折り砕きながら背中へ貫通する黒い剣。

その時、最後の一人は、この状況でなお勝ち筋を探し、そしてそれを見出した。

俺が騎士へ剣を突き入れた隙に、背後を取っていたのだ。

後ろからの横薙ぎが、俺の首筋を襲う。

風切り音が、刃の接近を俺に伝えた。

俺は騎士の体に剣を刺したまま身を沈める。
直後、頭上を銀の剣が通過した。
味方を尽く斬られたその騎士が発する怒気は強烈だった。
それは殺気となり、周りの炎より余程強く、俺の背中を焦がす。
だが怒っているのは俺も同じなのだ。
その怒りを両腕に込め、俺は剣を騎士の体から引き抜いた。
そして腰を回転させながら、背後の騎士へ向けて煤の剣を振り抜く。
「でぇあっ!!」
空中を舞う火の粉が、黒い刃に道を開ける。
そこへ煤が帯を作り、宙に半円が出来上がった。
半円は、騎士の体を通過している。
胸をざくりと斬られた彼は膝をつき、そしてうつ伏せに倒れた。
「……ふぅぅー…………」
肺の中の空気をすべて吐き出し、精神を落ち着ける。
そして怒りを俺の中から追い出していった。
約束の少女に目をやると、胸の前で握り拳を作り、未だ瞼を閉じていた。
歩み寄り、声をかける。
「ミア……」

「あ………」

目を開け、揺れる瞳で俺を見上げるミア。

その瞳に、立ち上がる敵の姿が映る。

振り返ると、最初に腕を飛ばした騎士がそこに居た。

「はぁ……はぁ……き、貴様………！」

「う、うぁ……」

ミアが怯えている。

俺は男に対峙しつつ、彼女を背中の後ろに隠す。

「大丈夫だミア」

大丈夫か、と問うたりはしない。

ただ請け負う。大丈夫だ、と。

そして男に問いかけた。

「訊きたい。バラステア砦を突いたのは誰の策だ？」

この変則焦土作戦を考えたのは誰なのか、それを確認する必要がある。

王国軍の狙いは、砦を塞ぎ、魔族軍をヘンセンから引き離して孤立させることにあった。

これにより、帰り道と補給路を失った魔族軍は、枯死の危機に陥る。

飢えが極まれば、掠奪も起き得た事態だ。

それすら狙いのうちで、つまり敵は、魔族軍を掠奪に至らせようとしていたようにも見える。

俺たちから、戦いの正当性を喪失させようという策略。

狙ってやったのなら、この敵は厄介だ。

この先、きっと立ちはだかることになるだろう。

「大逆犯め……！　き、貴様は……いずれ、必ず敗れる…………！　必ず……！」

「お前にそう思わせるのは誰なんだ？　ここにある資料を回収するよう命じたのもそいつか？」

騎士たちが居たここは、砦の資料室だ。

ここに人を遣っているということは、収められたノウハウを回収しようとしたのだろう。

いや、もう回収されているかもしれない。俺の戦い方を。

それを指示した者は、事の優先順位が分かっている。

おそらく、この作戦をコントロールする者と同一人物だろう。

そいつこそ、ここに居た騎士たちの首魁だ。

がらがらと、大きな音が轟く。

火が更に回り、男の背後で床が崩れたのだ。

だが男は動じない。

ここが彼にとっての最期の戦場だと理解しているようだ。

「ふ、ふふ……。も、申し訳ありません、リンデルさん……。私はここまでです……」

「リンデル？」

「リンデルさん……どうか、この国を……」

リンデルと聞いて思い出すのは、三年前、エルベルデ河で会った男、エーリク・リンデルだ。

奴なのか？

「……女神ヨナのもと……王国に、正しき光を…………リンデルさん、貴方こそがそれを……」

何てことだ。

この男は信ずる者のために戦っている。

神を奉じながらも、神ならぬ者のために戦っている。

忠義のもとに。

彼の忠義は、俺の価値観に照らせば、濁った精神性の賜物でしかない。

だが彼や彼の仲間にとってはこの上なく美しく、命を懸けるに足るものなのだ。

これを持つ者たちは、手強《てごわ》い。

「大逆犯よ…………教えてやる。あの方は大局を見ている……。あの方にとっては……私もただの捨て駒なのだ……」

男は口角を上げながらそう言った。

そして残った左腕で床から剣を拾い、ゆっくりと振り上げる。

俺はミアを背中から出さぬまま剣を構えた。

「だが……それで良い。私は、私はそれで！」

そして男は飛びかかってくる。

俺は彼の目を見据えたまま、煤の剣を振り抜いた。

黒い刃が、頸動脈を断ち斬る。

「……かっ…………」

見開いた目のまま、仰向けに倒れゆく男。

骸がどさりと転がり、ばちりと火が爆ぜた。

「………………」

敵は掃討され、この場における戦いは終わった。

俺は目を閉じて深く息を吐いた。

それから剣を鞘に納め、後ろを振り返る。

琥珀《アンバー》色の大きな瞳が、俺を見つめていた。

「ミア……」

「………………」

周りでは、ただ炎がゆらめく。

さっきまでぱちぱちと爆ぜていた音は止《や》んでいる。何かに遠慮するように。

少女の瞳は揺れる炎に照らされ、そこに俺を映していた。

煤にまみれた俺を。

そう言えば初めて会った時、この少女も煤まみれ《アルガ》と呼ばれていた。

アーベルの路地裏で出会ったあの時が、もう、ずいぶん昔に思える。

色々なことがあり過ぎた。

俺は膝をついて、そっと手を伸ばした。

そして少女の頬に触れる。

何となくだが、こうすることで彼女を安心させられるような気がしたのだ。

「あ………」

彼女の唇から小さく声が漏れる。

そうだ、思い出した。

初めて会った日もこうしたのだ。

ワンパターンだな、俺は。

「ご主人さま……」

「ロルフ」

「え……？」

やっとだ。

やっと伝えることが出来る。

「ロルフだよ。俺は、ロルフだ」

「…………ロルフさま……」

するりと掌を頬から離し、ミアは俺に近づいた。

そして小さな手を俺の体に回し、精一杯の力で抱きつく。

「ロルフ…さま………ロルフさま……!!」

「ミア……」

掌を彼女の背中にあて、その名を呼ぶ。

俺に戦う理由をくれた少女の名を。

そして彼女も、俺の名を呼んでくれる。

「うっ……うぅっ……ロルフさま……」

「怖い思いをさせて済まない。もう大丈夫だ。俺はここに居る」

「ロルフさま……！　ロルフさまぁーーー!!」

涙に濡れる声が、炎の中に、そして俺の胸に響き渡った。

◆

腕の中のミアが落ち着くまで、俺はしばらく待った。

周囲の火勢は強まり、どこかでがらりと壁が崩れる。

そろそろ退去しなければならないだろう。

「ミア、ここから出よう」

頭を撫でると、少女は目を細めた。

それからこくりと頷く。

だが、その前に来客と話す必要があるようだ。

背後、炎に崩れた床の先から、気配を感じる。
いや、気配などという生易しいものではない。
俺に対する、疑いようの無い殺意だ。
立ち上がり、ミアを背に隠しながら振り返る。
そこに奴は居た。
「エーリク・リンデル……」
やはり。
この作戦を主導しているのは、この男だった。
リンデルは鬼のような形相を浮かべている。
眉は吊《つ》り上《あ》がり、両目は射殺さんばかりに俺を睨む。
額に幾筋もの血管が走り、顔全体が赤黒い怒りに染まっていた。
そして小さく震えながら、絞り出すように彼は言う。
「殺したのか……！　ここに居た騎士たちを、皆……！」
「ああ。俺や俺の友人を害する者を、俺は倒す」
背後のミアに聞かせたくない言葉ではある。
彼女はなるべく戦いから遠ざけたい。
だが、こんな世界で戦争をしていて、そしてここは戦場だ。
残念ながら、綺麗な言葉だけを選んで聞かせてやることは出来ない。

せめて欺瞞に陥らぬよう、本心を語るのみだ。

「貴様……！　加護なしの大逆犯が……！」

リンデルが持つ、背信者への強い憎悪は健在だ。

だが着目すべきは、彼の口から最初に出たのが、騎士たちの死に対する怒りだったことだ。

「ハンネスは……！」

「………」

「貴様の足元で死んでいるハンネスは、国士だった……！　貧しい出身ながらも……国を恨まず、ただ世の行くすえを憂い……正しい行動を選んだ男だった……！」

言いながら、唇を噛みしめるリンデル。

ぶつりと、その唇から血が零れた。

「友だった……！」

戦う者すべてが、決して忘れてはならない、覆らぬ事実。

俺たちが正しいと思うことのために戦っているように、敵も正しさを信じて戦っている。

当然だ。自身を悪徳と定めて戦争に及ぶ者などそう居ない。

「私は……この床が崩れていることに、感謝せねばなるまい……！　そちらに行けたなら、必ず、貴様に斬りかかっていただろう……！」

「………」

「そうなれば、私は死んでいた……！　私では、貴様に勝てぬ……!!」

凄まじい怒りだ。

血走った目の奥で、激情が震えている。

「慙愧《ざんき》に堪えぬ!!」

「どうかな。エルベルデ河では、俺を組み伏せただろう」

どこかで、がらりと壁が崩れた。

炎はいよいよ、この一角を呑み込みつつある。

ふぅー…と、空気を吐き出す音がした。

リンデルが深く呼吸したのだ。

目を閉じ、自身を落ち着かせている。

感情を制御し、怒りを鎮めようとしている。

「……三年も前のことを、未だ口にするか。思いのほか執念深いようだな」

「かもな」

だが、この三年越しの再会を想像してはいなかった。

俺が今回の戦いで最も注意を向けていた敵は、マティアス・ユーホルトなのだ。

しかし世界は、幾千幾万もの人々の思いが絡んで流転する。

そうそう思惑どおりに運ぶものではない。

この男の場合はどうなのだろうか。

「俺たちがここに来たということは、ユーホルトは死んだということだ。リンデル、お前の思惑どおりか？」

「さあな。だが、もしそうなら、主目的は達成されたことになるな」

「…………」

「…………」

しばしの沈黙。

がらがらと大きな音をあげ、また近くの床が崩れた。

「大逆犯ロルフ。言っておくぞ。世界を変えるのは、貴様ではない。ヨナ様に棄てられた貴様などでは……断じてな」

「俺もこれだけは言っておく。くだらぬ女に袖にされた事実など無い。俺が見限ったんだ」

「……ッ!!」

歯を食いしばるリンデル。

その時、俺たちの間に開いた穴からごうと炎が上がり、次いで黒煙が立ち込めた。

ミアを庇《かば》いつつ下がり、しばし炎を注視する。

そして火勢が落ち着き、煙が薄くなると、対岸からリンデルの姿は消えていた。

「行ったか……」

しばしの別れだ。

きっと、いずれまた見《まみ》えることになる。

「望むと望まざるとに拘《かか》わらず、な……」

独《ひと》り言《ご》ちて振り返る。

そしてミアを両手で抱き上げた。

彼女は大人しく俺に体を預ける。

少しだけ重くなったかもしれない。成長期だからな。

「む、あれは……」

窓に近づいて外を確認すると、門の内側で戦っていた敵たちが、撤退の動きを見せていた。

どうやら、我々の本隊がもう近くまで来ているらしい。

リーゼらはヘンセン側の門を押さえ、敵が旧ストレーム領側へ逃げるに任せるだろう。

リンデルも、彼自身が言っていたとおり、ユーホルトを追い落とすという主目的は達成したのだ。

おそらく敗戦の責を死者に押しつける算段も立っているだろう。

欲をかいて燃える砦に留まるのを良しとはしないはずだ。

「ミア、飛び降りるぞ」

「高いですよ……」

「二階ぐらいの高さなら問題ない。しっかり摑まっててくれ」

「ん……」

ミアが俺の首に両腕を回し、強く密着してきた。

そして彼女を抱いたまま、俺は窓から脱出する。

ミアに衝撃が行かぬよう、膝を利かせながら着地し、そして周囲を見渡した。

やはり、敵は撤退していく。

あの中にリンデルも加わるだろう。

どうやら終わったようだ。

◆

「リーゼ、被害は？」

敵が去り、我々の本隊が合流したバラステア砦。

俺もリーゼと合流していた。

「負傷者数名、麾下に死者は無し。広くない場所で負けないことに徹したし、シグも居たしね」

「それだけではないだろう。リーゼ隊は本当に優秀だからな。だが、麾下に、ということは」

「うん……。砦の防衛隊からは、私たちが着く前に多数の死傷者が出てる」

敵がこの砦を突くことを、俺や将たちは予測出来なかった。

結果、多くの者が死に、多くの者が家族を喪《うしな》ったのだ。

「ロルフ、自己弁護になるけど、タリアン領を明け渡してでもここを攻めるという敵の戦略は、あまりに常識から外れてた。予測は不可能だったよ」

自己弁護などではなく、彼女は俺のために言っている。

俺の顔に自戒を見て取り、慰めが必要だと思ったのだろう。

リーゼはそういう女《ひと》だ。

「ありがとう。だが斃《たお》れた者たちに報いることを、考え続けねばならない。彼らだけではなく、喪われたすべての命に対してだ」

「そうだね……」

俺は、ゴドリカ鉱山を思い出していた。

カトブレパスと戦ったあの作戦で、何人もの騎士が死んだ。

そしてエミリーは、自分の指揮下で多くの部下を死なせたことに涙していた。

責任感からか叫びこそしなかったものの、あれは慟哭だった。

あの時の彼女の気持ちが、ようやく俺にも理解出来た。

彼女は今どこで、何をしているだろうか。

「で、その子は……救出した民間人、だよね？」

「ああ。彼女はミアという。今、彼女の姉を捜させているんだ」

「えーと、もう安全だから、とりあえず降りたら？」

ふるふると首を振るミア。

彼女は、俺の両腕に抱かれたまま降りようとしなかった。

不安が癒えないのだろう。

砦にはエーファと共に来ていたらしく、まだ彼女は見つかっていないのだ。

ミアによると、搬入口から防壁外へ逃れているはずとのことだった。

それで、人員を出して捜させているのだ。

「リーゼさん、ロルフさん」

そこへやって来たのは、リーゼの副官、モニカだった。

そつが無い仕事をする人物で、こういう、戦いが終わった後の諸々でも頼りになる印象だ。

「居ました。合流中の本隊が、防壁外で保護していました」

その言葉を聞いて、ミアを地面に下ろしてやる。

モニカの後ろに、魔族の民間人たちが居た。

その中に、見覚えのある顔が一つ。

「おねえちゃん！」

「ミア！」

駆け寄るミアとエーファ。

そして抱き合い、落涙しながらお互いの無事を喜ぶ。

姉妹。羨ましいものだ。

家族を捨てた俺が、この光景に羨ましいという感想を抱くこと自体、勝手な話かもしれないが……。

エーファは、ミアを抱いたまま、俺を見て目礼した。

俺も頷く。

それからモニカへ向き直って訊いた。

「人間の民間人はどうだ？」

「無事です。全員、隔離されていました」

「良かった。それとモニカ、北側は大丈夫？」

「ええ。ヘンセン方面へ出た敵兵は居ない模様です。念のため索敵させていますが、問題ないかと」

「おい、お前ら。こいつの話を聞け」

そこへシグが連れてきたのは、防衛隊の男だった。

負傷しており、頭の包帯には血が滲んでいる。

「君は？」

「自分は、イーヴォといいます！　あ、あの！　息子たちが！」

「息子？　落ち着いて話してくれ」

息子。戦場に居て欲しくない存在だ。

嫌な予感を覚えつつ、狼狽える男、イーヴォを宥《なだ》めて先を促した。

「は。す、すみません。自分は、砦内部に侵入しようとする敵と交戦したのですが、情けないことに、頭を打たれて昏倒《こんとう》してしまい……」

俯くイーヴォ。

両目が無念の涙で濡れている。

「君たちは守るべき民間人を背に、寡兵で立ち向かってくれたんだ。誇りこそすれ、気に病む必要は無い」

「お、恐れ入ります。ただ、その民間人の中に、自分の息子たちが」

イーヴォによると、父の仕事場を見に、彼の幼い息子が二人、砦を訪れていたそうだ。

よりにもよって、今日という日に。

守るべき者の中に、自身の子も居るとあれば、なお真剣になるというもの。

だが逸《はや》り過ぎたのか、彼は攻撃を受け昏倒してしまう。

そして気がついた時には、すでに戦闘が終わっていたらしい。

「砦の内部には、敵が侵入してしまったとか。それで……」

息子たちが心配で探している、というわけだ。

だが……。

ちらりとエーファを見やる。

すると彼女は申し訳なさそうに口を開いた。

「あの……砦から脱出した民間人は、ここに居る人ですべてだと思います」

この場には、彼の息子と思える年頃の子は居ない。

子供と言えるのはミアだけだ。

「誰か、彼の息子さんたちを見ましたか？」

エーファが問う。

だが皆、つらそうな表情で首を振るのみだ。

「モニカ！　他に誰も見つかってない!?」

「砦の内部からは誰も……。焼けた箇所も確認させていますが、今のところ、そこからも……」

見ると、イーヴァが唇を震わせている。

何かに思い至ったようだ。

「あ、あの、息子たちは、防衛隊の装備を見たがってました。それで、装備類は倉庫に収めてあると、何とは無しに答えてしまったのですが……」

「ロルフ!!」

リーゼが叫ぶ。

俺は走り出した。

倉庫があった区画にも、敵が入り込んでいたはずだ。

すでに撤退しているだろうが、もしイーヴァの息子たちが見つかっていたら、敵は子供でも容赦しない。

他の皆も、続いて後ろに走ってくる。

見たくもない、最悪の光景が脳裏に浮かんだ。

どうか、杞憂《きゆう》であってくれ、生きていてくれと、そう何度も願いながら走る。

心臓が、どくどくと騒ぎ立てる。

そこにあるかもしれない光景を考えると、足が重くなる。

だが行かなければならない。

襲いくる嫌な予感を何度も振り払いながら、角を曲がり、その区画へ。

辿り着いた俺を迎えたのは、地に転がる何体かの遺体だった。

「あ…………」

これは……この光景は…………。

倉庫を取り囲むように倒れているのは、王国騎士たちの遺体だった。

そしてその倉庫に、俯いてもたれかかる男が二人。

彼らは、両手に剣を握り、前へ向け構えたままだった。

二人は人間だった。

剣を手にしているが、騎士ではない。

生きている。だが傷だらけだ。呼吸は荒く、出血が夥《おびただ》しい。

彼らはゆるゆると顔を上げ、こちらを向いた。

この顔には見覚えがある。

以前、この砦の兵だった者たちだ。

俺が司令官代理を務めていた時の部下である。

俺は彼らの間を通り、倉庫の中を確認する。

そこに居た。幼い子供が二人。

「ああ！　ヨッヘム！　ペーター！」

「おとうさん！」

駆け寄って抱き合うイーヴォと二人の子供。

イーヴォの息子たちは無事だったのだ。

家族の再会を見届け、俺は傷だらけの男たちのところへ。

そして、リーゼが回復班を呼びにやる声を背に、彼らへ話しかけた。

「守ったのか。魔族の子供たちを。何故だ？」

「あ……司令官……お久しぶりです……」

「何か……こうするべきだって、思って……」

「へっ。気合い入ってんじゃねぇか」

俺もシグに同感だった。

そしてこれは綻びだ。

何者かが欺瞞の糸で縫い上げた世界。

それが、僅かながら綻びを見せている。

砦に居た数百人の部下のうちの二人だ。

比率で言えば圧倒的に小さい。

だが、やはり現れた。

これを選べる者が、ちゃんと現れた。

見たかったのだ。

これこそ、どうしても見たかった光景なのだ。

俺は明日からの戦いに、改めて希望を抱くのだった。

あとがき

本書をお手に取って頂き、誠に有《あ》り難《がと》うございます。作者の美浜《みはま》でございます。

四巻目に至り、あとがきに書くことが無くなって参りました。

一巻では作品のコンセプトをご説明し、二巻では読者諸氏への感謝を書《か》き綴《つづ》り、そして三巻では読者諸氏の期待にどう向き合うか、というお話をさせて頂きました。今度は何を書きましょう。書き足りなかった感謝のくだりなど、もう少し書かせて頂こうかとも思いましたが、同じようなことを何度も聞かされてもウザいでしょうし……。

随筆やらエッセイやらを上手に書ける方は凄《すご》いですね。思いの丈を文章にアウトプットすることの、何と難しいことかと思います。物語を綴《つづ》るより、よほど難しいと感じる次第です。

創作論など、ぶってみましょうか。新米作家のそれに需要があるかは分かりませんが……。

ええとですね、当方、家ではよく、ＣＳ放送の映画チャンネルを流しっぱなしにしています。創り手や、そして映画好きの方にはちょっと許せないスタイルかもしれませんが、のんべんだらりと「ながら見」をする感じです。

でも、いつの間にか画面に引き込まれて「ながら見」ではなくなっていることがあります。ちゃんと最初から観《み》ていなかったりもするのですが、それでも目に留まったシーンに搦《から》め捕《と》られるのです。そして、もう一度きちんと観るために、その映画の情報を調べるわけですが、まず例外なく、その映画が名作として高い評価を得ていることが判明します。

つまり良《い》い映画って、切り取られた一シーンに、既に十分な訴求力が詰まっているのだと思います。それは構図だったり音楽だったり台詞《せりふ》まわしだったり、或《ある》いはそういうものによって総合的に作られる空気だったりするようですが、要するに「質が高い」ということです。

これを小説でやりたいのです。優れたストーリーは必須ですが、それに加え、文章一つ一つがパワフルだったり、心地よかったり、何だか妙に響いたり。そういうものを書きたいと願っています。

おわり。

新米作家の創作論はあっさり語り切れてしまいました。想像以上に薄くて困惑してしまいますね。

あと何を書きましょう。もういっそ、偶《たま》に見かける登場人物の会話劇など書いてみましょうか。

「この四巻ではタリアン邸での戦いが描かれているが、あそこは広かったよな、シグ」

「つーかお前が半裸のお姉ちゃん連れて来た時は内心焦ったぜ！」

「フヒヒ！　大活躍でしたねロルフ氏！」

みたいなやつ。

私の精神状態を心配されるでしょうね。いや、そういうのを否定はしないし、それが似合う作品なら全然良いんでしょうけど、この作品でやったら読者諸氏に怒られるだろうなー……。まあ、やめときますね。あと三人目誰だよ。

見事なまでに取り留めの無い文章になってしまいましたが、そんなこんなでお時間です。最後にもう一度、貴方《あなた》とのご縁に感謝を。それでは！

美浜ヨシヒコ

電撃の新文芸

煤《すす》まみれの騎士《きし》 Ⅳ

著者／美浜《みはま》ヨシヒコ

イラスト／fame《フェーム》

2023年3月17日　初版発行

発行者／山下直久

発行／株式会社ＫＡＤＯＫＡＷＡ

〒102-8177　東京都千代田区富士見2-13-3

0570-002-301（ナビダイヤル）

印刷／図書印刷株式会社

製本／図書印刷株式会社

【初出】……………………………………………………………………………………

本書は、「小説家になろう」に掲載された『煤まみれの騎士』を加筆、訂正したものです。

※「小説家になろう」は株式会社ヒナプロジェクトの登録商標です。

ISBN978-4-04-914803-9　C0093　Printed in Japan

ファンレターあて先

〒102-8177

東京都千代田区富士見2-13-3

電撃の新文芸編集部

「美浜ヨシヒコ先生」係

「fame先生」係

この物語はフィクションです。実在の人物・団体等とは一切関係ありません。